Fan
ファン文庫

福猫探偵

無愛想ですが事件は解決します

著　ひらび久美

JN131060

マイナビ出版

目次

序章

「気をつけて帰りなさい」

「はい、伯父さん。さようなら」

小学一年生の三神真人《みかみまさひと》は、伯父である神主に丁寧に頭を下げて、神社の石段を下り始めた。両側には緑の木々が茂り、ひんやりとした厳《おごそ》かな空気が、束の間、残暑を忘れさせてくれる。

真人は石段を下りきって、古い石の鳥居をくぐった。鳥居の横にある小さな石碑には、〝福猫えびす神社〟と彫られている。その名の通り、この神社には福を運ぶと言われる猫の神様が祀《まつ》られていて、三神家の本家が代々神主を務めてきた。分家の息子である真人は、三十分ほど前、父に届け物を頼まれて、本家の伯父を訪ねてきたのだ。

「わぁ、大きな夕焼け」

真人は西の空を見て足を止めた。遠くの山に半分ほど沈んだ夕陽が、空を茜にもバラにも見える幻想的な色に染めていた。すぐ目の前は二車線の道路で、横断すれば福木《ふくき》商店街に入る。商店街はここから見るとT字型になっていて、一番遠い横棒の左端に、祖父母と両親が営む三神食堂がある。その二階建ての建物が、真人と妹を含む六人の家族が暮らす家だ。

「近道しーようっと」

真人はガス灯型の街灯に照らされた商店街の入口ではなく、左手にある富実川《とみ》に向かった。土手の斜面にある十五段ほどの石段を上ると、堤防が遊歩道になっている。土の遊歩道からは、ゆったりと流れる幅広の川が臨めた。

真人は学校で教わった歌を口ずさみながら、遊歩道を歩き始めた。川へと続く土手の草むらから、軽やかな虫の声が聞こえてくる。

「なんの虫だろう」

真人は誘われるように斜面の草むらに足を踏み入れた。突然の闖入者《ちんにゅうしゃ》に驚いたのか、虫の合唱はやみ、小さな昆虫が何匹も飛び出した。

「おもしろ～い！」

真人は楽しげに笑い声を上げながら、草むらをずんずん下りていく。足元で飛び跳ねるバッタを捕まえようと夢中になっていたら、遊歩道から老いた女性の声が聞こえてきた。

「坊や、一人なのかい？」

振り仰ぐと、腰の曲がった小柄な老女が一人立っていた。真っ白な髪を後頭部で緩くまとめ、夕闇のような暗い色の着物を着ている。

「こんにちは」

真人は両親に普段から言われている通り、老女に体を向けてお辞儀をした。礼儀正しい少年を見て、老女は目を細める。

「おや、きちんとした子だねぇ。感心だ」

老女はゆっくりと草むらを下りて、真人の前に立った。

「だけど、こんな時間に一人でいたら危ないよ。私が家まで送ってあげよう」

真人は首を横に振った。

「ううん、大丈夫。僕、一人で帰れる」

老女は真人に顔を近づけた。垂れたまぶたの下から、黒い瞳がじっと真人を見る。

「一人で帰るのが危ないんだよ。隣村に住んでいた私の息子も、坊やと同じくらいの年の頃に、お遣いの帰りに連れ去られたんだ」

真人は驚いて目を見開いた。

「えっ、それは本当?」

「本当さ」

「それで……おばあちゃんの子どもは見つかったの?」

「いや、まだなんだ。もう何十年も、ずっとずっと捜しているんだけどねぇ……」

老女は力なくうつむいた。その姿が一回り小さくなったように見えて、真人は老女が気の毒になる。

「おばあちゃん、かわいそう……」

「坊や、私と一緒にいてくれるかい？　一人は寂しいんだ。寂しくてたまらないんだよ」

老女は顔を上げ、声を震わせながら言った。

知らない人についていってはいけない。それは両親からも学校の先生からも厳しく言われていることだ。けれど、目の前の老女は、胸が潰れそうなほど悲しく寂しげな表情をしていた。

助けを必要としている人がいたら、その人の心に寄り添いなさい。

それも両親の教えだった。

「ほんの少しでいいんだ」

老女に切なげに見つめられ、真人は迷いながら口を動かす。

「少しお話しするくらいなら……いいけど」

「本当かい？」

老女の顔が嬉しそうにほころび、真人は念を押すように言う。

「うん。でも、少しだけだよ」

「ああ、もちろんそれで構わないよ。坊やは本当に優しい子だねぇ」

老女は右手を伸ばして真人の左手を握った。老女の手は冷たくかさついていて、真人の働き者の祖母の手を思わせた。

「おばあちゃんの手、僕のおばあちゃんの手と一緒だ」

「そうかい？」

「うん。一生懸命働いている人の手でしょ」

「そりゃあ、もちろん。私は一生懸命あの子を育てたんだよ。私にはあの子しかいなかったから……」

真人の手を握る老女の手に力がこもった。真人は老女を見る。

「おばあちゃんの子どもは一人だけだったの?」

「そうなんだ。夫はあの子が二歳のときに、建設現場の事故で死んでしまってねぇ。『自分は学がなくて苦労したから、子どもにはいい教育を受けさせてやりたいんだ』って、将来のために一生懸命働いてくれていたのに……」

老女が涙声になり、真人は老女の手をギュッと握り返した。

「こっちにおいで」

老女は真人の手を握ったまま草むらを歩き始めた。辺りはいつの間にか夕闇に染まり始め、前方に白く塗られたベンチがぼんやりと見える。不思議なことに虫の声は消えていて、遠くで電車が鉄橋を渡る音がかすかに響いた。

老女がベンチを素通りして歩調を速め、真人は不安を覚えた。

「ねえ、おばあちゃん、どこでお話するの?」

「私のうちでだよ」

「えっ」

知らない人の家に行ったら、両親に叱られる!

真人は老女の手を放そうとしたが、そのしわだらけの細い手は、老女のものとは思えないほど力強い。真人は急に怖くなって、大きく腕を振り、老女の手を解こうとした。だが、真人の手を握りしめる老女の力は緩まない。真人はそれ以上進むまいと足を突っ張らせたが、老女はものすごい力で真人の手を引き、川辺の葦《あし》の茂みにずんずん向かっていく。

「おばあちゃん、僕、もう帰る。帰りたい」

真人は涙ぐみ、声が震えた。

「怖がる必要なんてないよ。うちにはおいしいお菓子も楽しいおもちゃもあるからね」

老女がそう言って振り返ったとき、足元をサーッと風が吹き抜けた。その風に押し倒されるように、目の前の葦の茂みが左右に割れて、真っ暗なトンネルがぱっくりと口を開けた。

「うわあぁっ」

真人は恐怖のあまり悲鳴を上げた。力を入れて足を踏ん張ったが、老女は恐ろしいほどの力で真人の手をぐいぐい引っ張って行く。

「おばあちゃん、やめてよ、放して」

「もうすぐだよ。おばあちゃんの家はこのトンネルの向こうだから」

「嫌だ、行きたくない！　誰か助けてぇっ」

真人が大声を上げたとき、二人の行く手を阻むように、小さな生き物がひらりと降り立った。茶色の毛に黒い縞《しま》が入ったキジトラ模様の猫で、ヘーゼル色の目に鋭い光が浮かんでいる。

「その子はおまえが失った子どもではない」

低く鋭い声が聞こえ、真人は声の主を探して首を動かした。近くに人の姿は見えないが、真人は必死で声を張り上げる。

「だ、誰か助けてーっ」

老女は真人の手を握りしめたまま、猫に顔を向けた。

「私は寂しいんだ」

老女はキジトラに話しかけたように見えた。老女の右手にさらに力がこもり、真人の手は白く血の気を失っていく。

「い、痛い。痛いよぅ」

キジトラは老女を威嚇《いかく》するように、背中を丸めて全身の毛を逆立てた。

「その子は三神の血筋の者だ。手を出したら俺が許さない」

凄みの利いた声を聞いて、真人の手を握る老女の力が緩んだ。その隙に真人は手を引き抜く。

キジトラはすばやく真人の前に回り込み、頭を低く沈めて牙を剥いた。老女は怯えたように一歩下がる。

「去れ」

低い声で言われて、老女は下唇を噛みしめ、真人を見た。老女の表情は狂おしいほど悲しげだ。キジトラがうなり声を上げ、老女はトンネルへと後ずさる。

「坊や。私の坊や……」

老女の切なげな声にキジトラの威嚇の鳴き声が重なった。老女は肩を落とし、真人たちに背を向ける。そのままのろのろと歩き始めたが、途中で足を止めた。諦めきれないのか、後ろを向いて真人を見つめた。悲哀や切望など、一言では言い表せない感情が入り交じった表情だ。

キジトラが再び牙を剝き、老女は歩を進めた。何度も何度も振り返りながら、トンネルの奥へと歩いていく。やがて老女の姿が闇に紛れ、葦の茂みがカーテンを閉じるようにトンネルを覆い隠した。

最後に見た、老女の苦悶の表情。

もし自分がいなくなったら、母もあんな顔をするのだろうか……。

真人がそんなことを思ったとき、低い声が聞こえた。

「大丈夫か？」

真人は辺りをキョロキョロと見回したが、相変わらず周囲に人の姿はない。

「おい」

声がする方に顔を向けると、キジトラがまっすぐに真人を見上げていた。

「まさか……」

「大丈夫かと訊いている」

キジトラの口が動き、真人は驚きのあまり目を剝いて尻餅をついた。

「ね、猫がっ、猫がしゃべったぁ！」

キジトラは前足を揃えて座り、尻尾で軽く地面を叩いた。

「そう驚くな」

「うわぁぁぁぁっ」

真人は尻餅をついたまま後ずさりしたが、キジトラはゆっくりと距離を詰めた。

「ぼ、僕、もしかして帰る途中で寝ちゃったのかな!? は、早く目を覚まさなくちゃっ」

真人は両手で自分の頬を叩いた。

「よせ」

「猫がしゃべるなんて絶対にこれは夢だぁぁっ!」

「俺は神様だから人間とも会話ができる」

「か、神様!?」

「ああ」

キジトラが人間のように口角を引き上げ、ニヤッと笑った。鋭い牙が覗き、真人は大きく仰け反る。

「うわあっ、今度は笑ったぁっ」

「驚くなと言っている」

「そ、そんなこと言ったってぇ……」

キジトラは呆れたように首を左右に振った。

「情けないやつだな。おまえの伯父さんは毎日俺を祀ってくれているぞ」

「伯父さん？」

「そうだ」

真人は胸に手を当てて大きく息を吸い、キジトラをまじまじと見た。尖った耳、すっと伸びた背筋、どこか高飛車にも見える顔つき。伯父の神社の本殿に祀られている猫の石像とよく似ている。

「もしかして……福猫えびす神社の猫の神様？」

「そうだ」

「本当に猫の神様なの……？」

真人は信じられない思いで、目をこすったり頬をつねったりした。けれど、目の前のキジトラは変わらずそこに座っている。

「立て。送っていく」

キジトラが促すように顔を遊歩道に向けた。

「う、うん」

真人は草の生えた地面に手をつき、どうにか立ち上がった。キジトラが歩き出し、真人は慌てて後を追う。足元がおぼつかず、よろよろと土手を上った。辺りはとっぷりと日が暮れていて、遠くに商店街の明かりが見えた。キジトラは川沿いに三神食堂を目指して遊歩道を進む。

真人はどうにか足を動かしながら、一歩ほど先を歩くキジトラの背中を見た。猫は視線を感じたのか、片目でチラリと見る。

「なんだ？」

「神様って本当にいたんだね……」

「やっと信じたのか」

キジトラは首を軽く横に振って前を向いた。真人は歩きながら猫の背中に話しかける。

「さっきのおばあちゃんは誰なの？」

「隠し婆《ばば》だ」

その名前に聞き覚えがあり、真人は記憶を辿るように斜め上を見ながら言う。

「おじいちゃんが……隠し婆は神隠しをする妖怪だって言ってた」

「そうだな。隠し婆は寂しいんだ」

「寂しいから子どもを連れ去るの？　あのおばあちゃんの子どもが誘拐されたって本当？」

「そうらしい。何十年も昔、隣の市がまだ村だった頃の話だ。以来、必死で子どもを捜し回っているうちに、隠し婆になったと聞いた」

キジトラが一段低い声で答えた。

「そうなんだ……」

真人は最後に見た隠し婆の表情を思い出した。自分の母があんな顔をしていたらと思うと、胸がギュウッと苦しくなる。

「かわいそうだね……」

キジトラは歩調を緩めて真人に並び、彼を見上げた。

「おまえは変わっているな。隠し婆に同情してやるのか。拐《かどわ》かされそうになったというのに」

「だって、かわいそうだもん。隠し婆、どこに行ったんだろう？」

「さあな」

真人は辺りをぐるっと見回したが、夕闇色の着物を着た隠し婆の姿はどこにもなかった。

「成仏できたらいいのに」

「子どもが見つかったら、成仏できるかもな」

何十年も昔に行方知れずになった子どもは、今どうしているのだろうか。生きているのか、死んでいるのか。それとも母を捜し求めて、隠し婆のようにこの世のものではない存在になってしまったのか。

そんなことを考えながらキジトラと並んで歩いているうちに、商店街の外れにある瓦屋根の家が見えてきた。箱のように四角い建物で、入口に下がった紺地の暖簾《のれん》に〝三神食堂〟と白抜きの文字がある。

「僕の家はここなんだ」

真人は店の前で足を止めた。

「知っている」

「そうなの？　じゃあ、お父さんやお母さん、おじいちゃんやおばあちゃんに会っていく？」

「今日は必要ない」

「ふぅん」

真人は膝に両手をついて、猫の顔を覗き込んだ。

「ねえ、また会える？」

「必要なときにはな」

猫はそっけなく答えて、前足で顔を撫でた。

「必要なときってどんなとき？」

「そのときが来ればわかる」

「難しいことを言うんだねぇ」

キジトラが真人に背を向け、真人は背筋を伸ばして手を振った。

「じゃあ、今日はバイバイなんだね。送ってくれてありがとう」

「ニャア」

キジトラは一声鳴いて大きくジャンプした。縞模様のその体は、闇に溶けてすぐに見えなくなった。

第一章「そんなずうずうしい願い事が、煮干しで叶えられると思うなよ」

大阪《おおさか》府郊外にある福木町《ふくきちょう》駅には、一時間に三本ほど各駅停車が停まるだけだ。北改札口を出ると、線路の高架に沿って両側に駐輪場が続く。その間の細長い道を抜け、十月中旬らしく黄色く色づいたイチョウの木陰を通り、大きな横断歩道を渡った先に、T字型をした福木商店街がある。T字の横棒の右端に当たる商店街の入口に着いて、三神真琴《まこと》は足を止めた。年季の入った色あせたアーケードと、レトロなガス灯型の街灯を見上げて、重いため息をつく。

結局、帰ってきてしまった。

約三年半前、この田舎町、福木町を出て東京で就職したときには、ここに戻ってくることなど考えもしなかった。大手企業で秘書として重役を支える仕事にやりがいを感じていた。かっこいいキャリアウーマンとして、生涯バリバリ働くつもりだったのだが……。

この一ヵ月間ずっと抱えてきたやり場のない思いが蘇りそうになり、真琴は両頬を軽く叩いた。

いつまでもこんなところで突っ立っていたら、すぐに顔見知りに見つかってしまう。

一七〇センチあるスラッとした長身と、後頭部で一つに結んだトレードマークともいえる長い黒髪は、遠くからでも目立つのだ。そのうち近所のお節介なおばさんやおじさんに気づかれて、ここにいるわけを根掘り葉掘り訊かれることになる。

真琴は知った顔に見つからないよう、スーツケースを引いて足早に歩き出した。けれど、歩いているうちに違和感を覚える。

なにかが足りないような、しっくりこない感じ。

少し考えて、あっと気づいた。回転焼き屋がなくなっているのだ。

商店街に入ってすぐのところにあったその小さな店には、錆の浮いたシャッターが下り、看板が裏返しになっていた。だが、営業をやめた店はそこだけではなかった。五、六軒に一軒ほどの割合でシャッターが下りているのだ。

いくら大阪府内にあるとはいえ、郊外の小さな町の商店街である。戦前から続くこの福木商店街も、ご多分に漏れず、郊外型の大型スーパーの出店や少子高齢化による担い手不足などの影響を受けているようだ。

夕食前の買い物にはまだ早い時間だからか、商店街に人通りはほとんどなかった。営業している店の店主や店員に声をかけられないうちにと、真琴は商店街を突き進む。

紺地に〝三神食堂〟の文字が白抜きされた暖簾が見えてきて、真琴の足が重たくなった。暖簾があと一メートルの距離に迫り、ついには足が止まる。そしてまたもや深いため息をつく。

(絶対お父さんに嫌みを言われるだろうなぁ……)

真琴は格子戸の向こうにいるはずの、五十二歳の父・真人の顔を思い浮かべた。身長は真琴より十センチほど高く、肩幅ががっしりしているのと、なにより角張った仏頂面のせいで、威圧感がある。子どもの頃、靴を揃えて脱がなかったり、衣類を乱雑に畳んだりすれば、すぐに叱られた。言葉遣いが少しでも乱れようものなら、厳しく注意された。真面目で厳格で、父が笑っているのを見たことがない。三歳年下のおっとりした母が、いくら幼馴染みだったとはいえ、なぜあの父と結婚したのかいまだに謎である。

真琴が大阪の大学を卒業し、東京で就職することにしたときも、大企業の秘書という待遇も給料も恵まれた仕事だったにもかかわらず、父は「わざわざそんなに遠くに行かなくても、大阪にもいい仕事はあるだろう」と反対した。

(それなのに仕事を辞めて帰ってきたんだから……いったいなにを言われるか)

気が重かったが、いつまでも店の前で立っているわけにもいかない。

真琴は覚悟を決めてスーツケースの持ち手を握り直した。暖簾をくぐって横引きの格子戸を開けると、カラカラと軽やかな音が響いた。だが、店の奥にあるカウンター越しに、コンロに向かう父の横顔が見えて、真琴の心はさらにずしりと重くなる。

「……ただいま」

「あら、真琴、お帰りなさい」

厨房の横にある廊下から、紺色の暖簾を持ち上げて、母の静絵《しずえ》が顔を出した。小柄な母はふっくらとした顔に柔和な笑みを浮かべていて、真琴の肩から自然と力が抜けた。

母は廊下を下りてサンダルをつっかけ、左端のカウンター席の椅子を引き出す。

「今、あったかいお茶を淹れてあげるわね。ほら座って」

そのとき、真人の険しい声が飛んできた。

「母さん、甘やかすんじゃない。こっちは開店準備で忙しいんだ。茶が飲みたいなら、真琴が自分で淹れたらいい」

「お父さんたら、そんな言い方をしなくてもいいじゃない。五時間近くかけて東京から戻ってきたんだから、真琴は疲れているはずよ」

「勝手に出ていって急に戻ってくるような身勝手な娘に、気遣いなんぞ不要だ」

「お母さん、ありがとう。お茶はいいから」

真琴は押し殺した低い声で言った。暖簾を掻き分けて廊下に上がり、左横にある横引きの戸を開けた。目の前に年季の入った勾配《こうばい》の急な階段が現れ、両手でスーツケースの持ち手を摑んで足をかける。二段ほど上ってドアを閉めたとたん、目にじわっと涙が滲んだ。

わかっていたはずだ。

父親の反対を押し切って東京で就職したのに、戻ってきて歓迎されるはずがない。

真琴は階段の上までスーツケースを引き上げ、零れそうになった涙を手の甲で拭った。

二階には和室と洋室が一つずつあり、東側の洋室が、真琴が妹の鞠絵《まりえ》と一緒に使っていた部屋だ。横引きの戸を開けると、右手に二段ベッドがあり、左手に勉強机が二つ並んでいる。大学三回生の鞠絵はまだ帰宅していないようだ。

真琴は疲れた息を吐き、下段のベッドに身を投げ出した。新幹線と電車を乗り継いでの帰宅は、さすがに疲れた。

母が陽に当てておいてくれた柔らかな布団に身を横たえ、枕に頬を寄せると、張り詰めていた気が緩んで、嫌な記憶が蘇る。

真琴は勤めて四年目になる会社で、取締役副社長の秘書に抜擢された。前任の女性秘書が突然退職したからだ。しかし、〝抜擢された〟というのは誤った認識だった。副社長は会長の弟だったが、人となりに問題があった。すれ違いざまなどに真琴の肩やお尻を触ってきたのだ。最初のうちは、わざとじゃないのかもとか、年配の男性だからセクハラの感覚が薄いのかもとか考えて、耐えていた。そんなあるとき、いきなり後ろから抱きすくめられたのだ。副社長は大柄で思ったよりも力が強く、身の危険を感じた真琴は、叔父仕込みの背負い投げでとっさに上司を投げ飛ばしていた。

だが、相手は会長の弟だ。親族は素行の悪さを知っていて、見て見ぬフリをしていたのだった。真琴の訴えは『証拠がない』と退けられ、最終的には真琴の方が〝素行不良〟として解雇された。

『私に尽くすのが秘書の仕事だろうが。それなのに、私に盾突くとはいい度胸だ。取引先に暴力女だと話しておくから、この辺りではもう働けないと思え』

副社長の最後の言葉通り、東京での再就職は難しかった。中途採用に応募した十社目の企業から不採用通知が届いた日に、真琴は大阪に帰ろう、と決めた。

しかし、どうしようもなくなって帰ってきたものの、父の態度を思うと、実家《ここ》にも自分の居場所はなさそうだ。

（これからどうしたらいいんだろう……）

真琴はまた涙が滲んできて、ギュッと目を閉じた。


「お姉ちゃん、お姉ちゃんってば」

真琴は肩を揺すられて目を覚ました。

「ん……」

瞬きを繰り返して目の焦点が合うと、すぐ前に妹の鞠絵の顔があった。ふんわりしたマロンブラウンのセミロングヘアは、お盆休みに会ったときよりも少し長くなっていたが、母親似の二重のつぶらな瞳とふっくらした頬は変わっていない。

「鞠絵」

「お姉ちゃん、お帰り～。ご飯食べてないでしょ？　もう八時だよ」

「えっ、じゃあ、私、三時間以上も寝てたんだ……」

店の手伝いもせずに寝ていたなんて、また父にガミガミ怒られそうだ。

真琴は憂鬱な気分になった。姉の表情の変化に気づいて、鞠絵が言う。

「お父さんがお姉ちゃんにうるさく言うのは、お姉ちゃんのことを心配してるからだと思うよ」

「そうかなぁ。お父さんに似てるのに、考え方はまるで違うから気に入らないんじゃない？」

「私に言わせれば、二人とも性格だってよく似てるよ」

鞠絵がクスッと笑い、真琴は顔をしかめる。

「やめてよ、私、あんなに頑固でも無愛想でもないよ」

鞠絵はなにも言わず、いつもの柔らかな笑顔で目を細めた。我が妹ながら癒やし系だ、と真琴が思ったとき、鞠絵は思い出したようにポンと手を打った。

「そうだった。私、夕飯できたよってお姉ちゃんを呼びに来たんだった。お姉ちゃん、一緒に食べようよ」

あまりお腹は空いていなかったが、せっかく鞠絵が誘いに来てくれたのだ。真琴は頭を打たないように注意して、ベッドから起き上がった。

「ず～っと大学の図書館にこもって調べものをしてたから、もうお腹ペコペコなんだぁ」

鞠絵は水色のニットに包まれたお腹を撫でた。

「なにを調べてたの？」

「卒論のテーマを探してたの」

「そっか、もうそういう時期なんだ」

真琴は鞠絵と話しながら部屋を出た。二人で一階に下りて、左側、家の奥に向かう。そこにある六畳の和室には、三神食堂を開いた曾祖父母の代から使っているコタツ机があり、夕食が並んでいた。

「いつもは一人で寂しく食べるけど、今日は久々にお姉ちゃんと一緒だ」

鞠絵は嬉しそうに笑いながら、入口近くに正座をした。真琴は妹の右隣に同じように座る。コタツ机の上には、料理の盛られた椀や皿が所狭しと並んでいた。キノコご飯、ワカメと豆腐の味噌汁、サンマの竜田揚げ、人参とキャベツの千切りサラダ、切り干し大根の煮物、出汁巻き卵だ。その日の食堂のメニューで余りそうなものが食卓に並ぶのは、子どもの頃から変わっていない。

「いただきます」

二人で声を揃えて言い、箸を取り上げた。匂いにつられて、空腹を感じなかったはずのお腹が、小さく音を立てた。

最初に箸を入れたキノコご飯は、香りが高く風味が豊かで、キノコの歯ごたえも残っている。しっかり出汁を取った味噌汁は、昔と変わらない優しい味わいだ。サンマの竜田揚げは、魚嫌いの鞠絵のために今は亡き祖父が考案したもの。生姜醤油とみりんで下味をつけて揚げてあり、サクサクとした歯触りがおいしい。切り干し大根の煮物も出汁巻き卵も、出汁の利いた素朴な味付けで、疲れた胃に、体に、そして心にじんわりと染みてくる。

「和食、久しぶりに食べた気がする」

真琴のつぶやきを聞いて、鞠絵は苦笑した。

「やっぱり東京では自炊してなかったんだね。お姉ちゃんってば、子どもの頃から料理は苦手だったもんね」

妹に笑われて、真琴は唇を尖らせる。

「仕方ないじゃない。昆布を水に入れて弱火でじっくり加熱するとか、丁寧にアクを取り除くとか……辛気《しんき》くさくてやってられないんだもん」

「相変わらずせっかちだね」

鞠絵は「ふふふ」と笑った。その言葉の通り、真琴はすでに食べ終えていたが、鞠絵はまだ半分ほど料理が残っていた。

「だって、ゆっくりご飯食べてる暇なんてなかったんだもん。いつ上司の予定が変更になっても、すぐに対応できるようにしてなくちゃいけなかったし」

そのとき、廊下を歩く足音が聞こえて、静絵が和室に入ってきた。

「お店が一段落したから、私も一緒に食べようと思ったんだけど、あらぁ、真琴はもう食べ終わってたのね」

「うん。お母さんはお父さんと一緒に食べないの？」

静絵は真琴の右隣に座りながら答える。

「私は先にいただこうと思って。久しぶりに真琴とゆっくり話をしたいし」

静絵は「いただきます」とつぶやき、箸と茶碗を手に取った。キノコご飯を一口食べて、しみじみと言う。

「うん、おいしい。これから食べ物がますますおいしくなるわねぇ」

静絵は鞠絵と同じようにゆっくりと食事を進める。体型も外見も雰囲気も似ていて、誰が見てもすぐに母娘だとわかる。

「上司とうまくいかなくて仕事を辞めたって言ってたけど、気難しい人だったの？」

母の問いにどう答えようか考えながら、真琴は視線を急須に移した。おっとりした母に、セクハラ上司の話はショックが大きすぎる気がして、言葉を濁す。

「まあ……扱いが難しい人ではあったかな」

「それは大変だったわねぇ。今までよくがんばったね。お疲れ様」

退職するとき、誰にも言われなかったねぎらいの言葉をかけられて、真琴は目の奥が熱くなるのを感じた。

「それで、これからどうするの？」

母に問われて、真琴は急須に茶葉を入れながら答える。

「この辺りにあまり大きな会社はないし、秘書の仕事を見つけるのは難しそうだから……大阪市内か堺《さかい》市内で仕事を探そうと思ってる」

「そんなに慌てて就職活動をしないで、少しくらいのんびりしたら？　人間、心と体を休める時間は必要よ」

正直、上司を背負い投げしてからは心が安まる時間がなかった。それを思えば、母に言われたようにのんびりしたい気もするが……。

「でも、お父さんがあまり歓迎してくれてないみたいだし」

真琴は低い声でつぶやいた。

「お父さん、あれで真琴のことを心配してるのよ」

鞠絵にも同じように言われたが、『ただいま』という挨拶に『お帰り』ではなく厳しい言葉を返されたことを思うと、どうしてもそうは考えられない。

「お母さんは真琴がゆっくりしてても文句は言わないわよ」

母の言葉に答えず、真琴は黙って急須に湯を入れ、三人分の湯飲みに茶を注いだ。そうして食後のお茶を飲むと、父と顔を合わせまいと早々に二階に退散した。


翌朝、白ご飯に味噌汁、焼き魚に小松菜と人参のおひたし、厚焼き卵という和食の朝食を終えて、真琴は箸を置いた。

「ごちそうさまでした」

向かい側の席で食後のお茶を飲んでいた真人が口を開く。

「今日はどうするつもりだ？」

仏頂面で問われて、真琴は低い声で答える。

「どうって……求職サイトや求職雑誌を見て仕事を探すつもり……」

「おまえが就きたい仕事はこの辺りにはないぞ。それなのに、なんだって戻ってきたんだ。反対を押し切ってまで東京で就職したというのに」

真人の責めるような口調に、耳が痛くなる。真琴は返す言葉が見つからず、視線を落とした。

静絵が取りなすように言う。

「まあまあ、お父さん。少しぐらいのんびりさせてあげてもいいじゃないの」

「こっちは猫の手も借りたいくらい忙しいんだ。タダ飯を食わせる余裕などないし、家でごろごろされても困る」

苦々しげに言われて、真琴はキッと顔を上げた。

「だったら働けばいいんでしょ。すぐになにか仕事を見つけるからっ」

(こんなに邪険に扱われるくらいなら、もうなんでもいいから仕事を見つけて出ていこう)

そう思ったとき、鞠絵が言葉を挟む。

「だったら、お姉ちゃん、食堂を手伝ったらいいんじゃない？」

鞠絵の言葉を聞いて、真人はむせて咳き込んだ。

「な、なんだって？」

「えっ？」

真琴が鞠絵を見ると、妹は我ながら妙案だとでも言いたげな明るい表情で、パチンと手を合わせた。

「お父さんは忙しくて猫の手も借りたい。お姉ちゃんは仕事が欲しい。私は学校があるからほとんど手伝えないけど、お姉ちゃんならお父さんを手伝ってあげられる！　ちょうどいいよね！」

「そうね、名案ねえ」

静絵が賛成し、真人は驚いた顔で妻を見た。その真人の表情を見て、真琴は胃の辺りがムカムカしてくるのを感じた。そんなに私がここにいたら嫌なのか、という怒りに押されるまま、口を動かす。

「そうだね、そうする！　お父さんは私が家でごろごろするのは気に入らないんでしょ。だから、鞠絵の言う通り、食堂を手伝う」

真人は数回咳をして湯飲みをコタツ机に置いた。

「しかし」

「猫の手も借りたいって言ってたじゃない。猫の手よりは役に立てると思うけど。それとも、娘にはお給料を払いたくない？」

真人が渋い表情で顔をしかめるのを見て、真琴は鼻の奥がつんと痛くなった。やっぱり自分は父に好かれていないんだ、という思いが強くなる。

「そんなに私がいたらダメなの？　帰ってきたら迷惑だった？」

「そうじゃない。そういうわけじゃない。ただ、真琴には――」

「私には、なんなの？」

夫と娘の口喧嘩が始まりそうになり、静絵が「まあまあ」と割って入る。

「お父さん、いいじゃないの。真琴が接客と片付けを手伝ってくれたら、私もすごく楽になるわ。次の仕事が見つかるまで、アルバイトとして雇いましょうよ」

「数日で辞められたら迷惑だ」

真人は苦々しげに言った。

「じゃあ、期限を決めて働いてもらいましょう。とりあえず一ヵ月……キリがいいから十一月末までの一ヵ月半でどう？　その間に真琴は次の就職先を探すもよし、自分の時間を持ってのんびりするもよし」

静絵に視線を向けられ、真琴は頷いた。

「お父さんもそれでいいでしょ？」

静絵に言われて、真人は唇を固く結んでしばらく考えていたが、妻に「ね？」と念を押され、不承不承《ふしょうぶしょう》といった調子で口を開く。

「わかった。だが、そんなに高い時給は出せないぞ。それに、一ヵ月半とはいえ、三神食堂の看板を背負って働くからには、怠けたら承知しない」

父が折れたのは、母に言われたからなのか、自分のことを少しは気にしてくれているからなのか。父の厳しい表情を見ていると、真琴には前者のように思えた。

「ありがとうございます。よろしくお願いします」

真琴は他人行儀に言って頭を下げた。

そんなやり取りを経て、真琴は三代続く食堂を手伝うことになった。といっても、料理は苦手だから、今のところ母を手伝って接客と給仕、皿洗いと掃除をするほか、父に頼まれて買い物をするのが主な仕事だ。

三神食堂で働き始めて三日目になる水曜日。真琴は父に言われて、乾物屋に煮干しを買いに向かった。乾物屋はT字型の縦棒の下端にある。午前十時過ぎの福木商店街では、ランチタイムから営業する定食屋など一部の飲食店を除き、ベーカリーや八百屋、薬局、豆腐屋、ファッション雑貨ショップ、呉服屋など、ほとんどが店を開けていた。通学や通勤の時間が過ぎ、まだ昼食の買い物には早いこの時間、商店街は人通りがまばらだ。真琴は目立たないよう背中を丸めて歩いていたが、T字の縦棒の途中にある揚げ物店の女性店主に声をかけられた。

「真琴ちゃんやないの！　帰ってきたって聞いてたんよぉ」

六十代前半のおしゃべり好きの店主に見つかり、真琴は固い表情で小さく会釈をした。

「こんにちは」

そのまま歩き続けようとしたが、隣の時計・宝石店の男性店主がにこにこ笑いながら真琴に近づいてくる。

「ほんまや、真琴ちゃんや。せっかく東京で就職したのに、帰ってきたんやってなぁ。もうちょっと辛抱してがんばったらよかったんと違う？」

父と同い年くらいの男性店主に言われて、真琴は曖昧に微笑んだ。

「こっちで就職したらよかったのに、わざわざ東京まで行って。結局、都会の水が合わへんかったんやろ？」

男性店主の苦言が終わるやいなや、揚げ物店の女性店主が話に加わる。

「ええ勉強になった思《おも》て、お父さんとお母さんを助けてあげや～」

「あ、はい。では」

真琴は再びお辞儀をして話を切り上げようとしたが、女性店主は話をやめない。

「真琴ちゃんは、今の言葉で言うとクールビューティ言《ゆ》うんか？　モデルさんみたいでかっこいいけど、女の子は愛想ようした方が得やで」

「柔道はまだ続けてるん？　小学生の頃、男の子を投げ飛ばしとったなぁ。ちょっとは手加減せーへんと、嫁のもらい手がなくなるで」

男性店主が声を上げて笑い、真琴は口の中で「はい、気をつけます」とつぶやいた。両親も含め、周囲の人たちは、こういう〝よその子もうちの子〟のように考える昔ながらの密な人間関係がこの辺りの良さだと言う。だが、真琴としては、いいことも悪いこともすべて筒抜けになるのが嫌だった。父親に嫌みを言われるだけでもうんざりなのに、よそのおじさん、おばさんにまでくどくどと言われたら、たまらない。

「あ、じゃ、私、父にお遣いを頼まれているので」

真琴はペコリと頭を下げて強引に会話を切り上げた。歩き出してようやく解放されたかと思いきや、「うちにも買い物に来てや～」と二人の店主の声が追いかけてくる。真琴は振り返って会釈をした。月曜日にアルバイトを始めて以来、ずっとこんな調子だ。

真琴は引きつった顔を左手で撫でてほぐしながら、足を速めた。ほんのりと削り節の香りがして、商店街の外れにある乾物屋が見えてきた。間口の広い乾物屋の店頭には、削られたカツオ節やマグロ節、サバ節や宗田節《そうだぶし》などが入った木箱が並び、利尻《りしり》や羅臼《らうす》などの有名産地の天然物の昆布のほか、袋詰めされた干し椎茸や煮干しなどが売られている。

乾物屋の六十代の男性店主は、真琴を頭の先からつま先までまじまじと見た。

「うわーっ、どこのべっぴんさんかと思た！　真琴ちゃんかいな」

女性を見れば褒めずにいられない店主の大げさな言葉に、真琴は対応に困って愛想笑いを浮かべた。

「こんにちは」

「真琴ちゃん、こっちに帰ってきたんやってなぁ。ずっとおるん？」

「あ、まだ決めてなくて。しばらく食堂を手伝うつもりにはしてるんですけど」

「お父さん、喜んどったやろ？」

父の仏頂面を思い出しつつ、父に歓迎されていないことを正直に話すわけにもいかず、真琴は曖昧に「はぁ」とつぶやいた。日焼けした店主の顔に大きな笑みが浮かぶ。

「そりゃそうやろう。真琴ちゃんはお父さんによう似とるしなぁ」

「あの、今日はいつもの煮干しを……」

「わかってる、わかってる。いつものな」

店主が袋入りの煮干しを手に取った。真琴は父から渡されていたお札を差し出す。

「毎度おおきに」

「ありがとうございます」

真琴は煮干しを受け取ってお辞儀をした。

「せいぜい親孝行したってや！」

店主の声を聞きながら、真琴はもう一度会釈をした。そのまま三神食堂に戻ろうとしたが、時計・宝石店の店先で店主の妻と揚げ物店の女性店主が立ち話をしているのが見えた。このまま歩いていけば、あの二人に捕まるのは間違いない。

真琴はどうしようかと思いながら逆側に顔を向けた。二車線の道路を挟んだ向こう側に、古い石の鳥居が見えた。本家の三神家が代々神主を務めている福猫えびす神社の鳥居だ。

（わぁ、懐かしい……）

真琴は誘われるように商店街を出て、横断歩道を渡った。鳥居の横には〝福猫えびす神社〞と彫られた小さな石碑がある。子どもの頃と変わらぬその様子を見て、真琴は目を細めた。

小学生の頃はよく境内で遊んだものだ。福猫えびす神社という名だけあってか、境内に猫が棲み着いていた。茶色に黒の縞が入ったキジトラ模様の猫で、ヘーゼル色の目をしていた。真琴が小学四年生だったあるとき、境内で同じクラスの男子が三人、その猫を取り囲んで木の枝でつついていた。猫は嫌がって威嚇の声を上げていたが、いたずら盛りの男子たちはやめようとしなかった。

「かわいそうでしょ。やめてあげなさいよ」

当時、クラスの誰よりも背の高かった真琴を見て、腕白男子の一人、井川智孝《いがわともたか》が学校にいるとき同様、憎まれ口を叩く。

「うるさい。オトコ女は黙ってろ」

「オトコ女じゃないもん！」

「俺ら、こいつと遊んでやってんねん。オトコ女は帰れ」

智孝が枝先で猫の脇腹をつつこうとし、猫が甲高い鳴き声を上げた。

「嫌がってるでしょ！　やめなさいってば！」

真琴は思わず智孝の肩に手をかけた。

「あっちいけよ」

智孝に強く押され、真琴は反射的に右手で彼のトレーナーの襟を掴んだ。そのまま左手で智孝の右の袖を持つ。あとは叔父の柔道場で習った要領で智孝の懐に入り、体を回転させて前方向に投げた。

投げられた姿勢のまま土の上で寝転んでしまった智孝には、なにがあったのかわからなかったらしい。数秒、固まっていたが、やがて「うわあぁん」と大きな泣き声を上げた。

「泣～かした、泣～かした、オトコ女が智孝を泣～かした」

二人の男子が囃し立てた。騒ぎを聞いて、境内の奥にある道場から柔道着姿の叔父が出てきた。四人の様子を見たとたん、顔色を変えて駆け寄ってくる。

「なにがあったんだ!?」

叔父は真琴から智孝、二人の男子へと視線を向けた。二人の男子が口々に言葉を発する。

「真琴が悪いねん！　真琴が智孝を泣かしてん！」

「智孝はオトコ女って言うただけやのに、真琴は暴力を振るった！　智孝を投げ飛ばした！」

叔父は険しい顔で真琴に向き直った。

「本当か？」

背が高くがっしりした叔父に怖い顔で見下ろされ、真琴はうつむいた。

「……だって、井川くんが悪いんだもん」

「腹が立つことを言われたからといって、友達に柔道の技をかけてはいけない。そんなことをするために、私は真琴に柔道を教えているんじゃないぞ」

叔父が厳しい声で言った。そのとき、智孝がひときわ大きな泣き声を上げる。

「痛い、痛ぁい！」

「謝れ、真琴！」

「そうやそうや」

二人の男子に責められ、真琴は下唇をギュッと噛みしめた。

「真琴、きちんと反省して謝りなさい」

叔父に強い口調で言われ、真琴は目の奥からじわじわと熱いものが込み上げてきた。

「井川くんなんか友達じゃないもんっ」

涙を見られたくないのと、納得できない思いから、パッと身を翻し、走って逃げ出した。

「待ちなさい、真琴！」

真琴は必死で石段を駆け下りたが、すぐに叔父に追いつかれた。真琴は智孝の前で頭を下げさせられたあと、叔父に電話で呼ばれた父とともに、智孝の家に謝りに行った。智孝は猫をいじめたことを反省したものの、真琴はむやみに柔道の技をかけたとして、叔父からも父からもこっぴどく叱られたのだった。

「はぁ」

そのときのことを思い出し、真琴は大きなため息をついて鳥居をくぐった。

（もっと忍耐強く、控えめにならなくちゃいけないってことは、自分でもわかってる）

大学生になってできた初めての彼氏には、『黙っていればかわいいのに、こんなに気が強いなんて。騙された』と言われて振られた。就職してから付き合った人には、『クールな美人だと思ったのに、自己主張が強くて付き合いづらい』と別れを切り出された。どちらも相手からアプローチしてきたというのに。

真琴はぶつぶつ言いながら石段を上り始める。

「欠点だらけだってことは……自分でよ～くわかってる。あのセクハラ上司だって、投げ飛ばさずにほかの対応をしていれば、こんなことにはならなかったかもしれない……」

今さらどうしようもないのに後悔に襲われて、階段の途中で足を止めた。涙が零れないよう空を見上げると、秋らしく高い空の青が目に染みる。

真琴は顔を上げたまま目をつぶった。

(わかってる。わかってるんだけど……どうにもできないんだもん)

しばらくそうして乱れる心を落ち着かせてから、目を開けた。

(藁にもすがりたい気持ちって、こういうことを言うんだろうな……)

真琴は階段を上りきって石畳の参道を進んだ。手水舎《ちょうずや》でお清めをして向かった本殿には、猫の石像が祀られている。前足を揃えて顎を少し持ち上げたその姿は、ほっそりしているのに力強く凛々しい印象だ。

本殿の賽銭箱に賽銭を入れ、鈴を鳴らして二拝二拍手して手を合わせた。

(早くこの町から出られますように。そして、前みたいにキャリアウーマンとしてかっこよく働けますように)

最後に一拝し、参道を戻って石段を下りた。鳥居をくぐろうとしたとき、足元に茶色の毛に黒の縞模様が入った猫がいるのに気づいた。目はヘーゼル色だ。石像と同じように顔を上げ、前足を揃えて座っている。すっと伸びたその姿勢は神々しくも見えた。

「あなた、もしかして昔ここに住んでたキジトラちゃん？　だとしたら、もうずいぶんなお年よね。それともあのキジトラちゃんの子どもかな？」

真琴は猫に近づいてしゃがんだ。

「ねえ、キジトラちゃん。あなたはここの猫神様と仲良しかなぁ。もしそうだったら、私のお願いを叶えてくれるよう、頼んでくれないかな」

真琴は煮干しの袋を開けて、一摑み猫の前に置いた。しかし、猫は煮干しを一瞥し、ぷいっと顔を背けた。真琴は驚いて目を見開く。

「な、生意気〜。この煮干し、結構高かったんだよ！」

真琴が頬を膨らませたとき、どこからか低い声が聞こえてきた。

「そんなずうずうしい願い事が、煮干しで叶えられると思うなよ」

「えっ」

顔を上げたが、石段に人の姿はない。立ち上がって辺りを見回したが、神社の前の道路にも人影はなかった。

「人の声が聞こえた気がしたんだけど……」

真琴は額に手を当てた。

「空耳か。いろいろあったし、疲れてるんだ。思った以上に参ってるのかも」

真琴はため息をついて歩き出した。急いでいるふうを装って早足で進んだが、あちこちの店から声をかけられ、三神食堂に戻ったときには小一時間が経っていた。

「いったいなにをやってたんだ!?」

真人に険しい表情で迎えられ、真琴はぶっきらぼうに答える。

「お父さんに頼まれた煮干しを買いに行ってた」

真琴が煮干しの袋を突き出し、真人はため息をつく。

「まったく。なにかあったんじゃないかと思うじゃないか」

まさか父は心配してくれたのだろうか、と思ったが、次の瞬間、いつもの小言が始まる。

「出汁の取り方も知らないくせに、道草を食うとはよっぽどこの仕事が嫌なんだな。さっさとよそで仕事を見つけてくるがいい。うちは皿洗いしかしないアルバイトをいつまでも雇ってはおれんのだ」

真人は煮干しの袋を持って厨房に入った。真琴は言い返したいのをぐっとこらえ、深呼吸してから父の背中に声をかける。

「だったら、教えて」

「なに？」

父が真琴を見て眉間にしわを寄せた。

「出汁の取り方。覚えるから教えてください」

真琴のまっすぐな視線を真人は正面から受けとめた。迷うようにそのまま黙って真琴を見ていたが、やがて仏頂面で口を開く。

「そういうのは自分で見て覚えるもんだ」

真琴は黙って厨房に入った。真人は棚から平らなザルを取り出し、煮干しを広げて載せる。

「最初に頭と内臓を取り除く。えぐみや苦みを抑えるためだ」

見て覚えろ、と言いつつも、教える気はあるらしい。父は煮干しの頭を折り、身を縦半分に割って内臓を取った。真琴は見よう見まねでやってみる。煮干しはその名の通り干してあるため、思ったよりも簡単に下処理ができた。

「煮干しの出汁を取る方法には、水出しと煮出しの二通りがある。水出しの場合は水に煮干しを入れて、冷蔵庫に一晩置く。水出しをすると、さっぱりした上品な出汁が取れる」

真人は大きめの保存容器に煮干しと水を入れて蓋をした。真琴は、水につけておくだけでいいなんて簡単だ、と言いかけて口をつぐんだ。自分はそんな簡単なことを今まで知らなかったうえに、やったこともなかったのだから。

「次は煮出す場合だ。同じように頭と内臓を取った煮干しを水と一緒に鍋に入れて、中火にかける。少し水につけてから煮出すと、より濃い出汁が取れるから、次からそうするといい」

真人は言いながら、鍋をガスコンロにかけた。

「煮立つ直前に弱火にしてアクをすくい取り、十分程度煮る。そうすると、濃厚な出汁が取れる」

真人が玉じゃくしを使って丁寧にアクを取るのを、真琴は神妙な面持ちで見守った。

「最後はザルの上にキッチンペーパーを敷いて煮干しを濾せば、きれいな色の出汁が取れる」

真人が鍋の中身をザルに注ぐと、ザルの下のボウルに淡い黄金色の澄んだ液体が流れ落ちた。同時に、潮の香りのような独特の香りがふわんと立ち上る。

「わぁ」

真琴は小さく声を上げた。

「いい香りだろう」

真人に言われて、真琴は頷いた。父や母の作る料理がどこか奥深く繊細な味わいなのは、こうして手間暇かけているからに違いない。

「さあ、この出汁を使って、ランチタイムの味噌汁を作るぞ」

「今日はなんの味噌汁なの？」

「タマネギと小松菜の味噌汁だ。真琴、タマネギの皮を剝いてくれ」

「はい」

真琴は素直に返事をしてから、小さい頃、タマネギを切って涙が止まらなくなり、店の手伝いが嫌になったことを、ふと思い出した。


その日の午後六時、夜の営業時間が始まってすぐ、三十歳くらいの男性が一人、食堂に入ってきた。白いシャツとゆったりしたグレーのカーディガン、黒のスラックスという、真人ぐらいの年齢の男性が着るような落ち着いた服装だったが、背は一八五センチほどあり、黒髪には茶色のメッシュが入っていて、垢抜けて見えた。アーモンドアイと呼ばれる形のいい切れ長の瞳に、すっと通った鼻筋、やや薄めの唇をした端整な顔立ちだ。

（こんなところにこんなイケメンがいるんだ。私が東京で働いている間に引っ越してきた

のかな)

そんなことを思いつつ、真琴は声をかける。

「いらっしゃいませ」

だが、男性は会釈を返すことなく、八つあるテーブル席の間を抜けて、七つあるカウンター席の右端に着いた。しなやかな身のこなしで、店に入ってきてから物音一つ立てていない。

真琴は男性の前にお茶を淹れた湯飲みを置いた。

「ご注文がお決まりでしたら、お伺いします」

「いつも通り」

男性は真琴を一瞥して右肘をつき、前を向いた。整った顔に愛想はかけらもなく、やや顎を上げて頬杖をついている横顔は、高飛車にも冷淡にも見える。

(今日初めて見た気がするけど、『いつも通り』って言い方をするってことは、この人、常連さん？　でも、いつも通りってなに？)

真琴は首を捻りながら厨房に入った。男性の声は父にも届いていて、真人はお盆の上にサバの味噌煮込みを置いた。続いてひじきの煮物、小松菜と揚げのおひたし、豆腐とワカメの味噌汁に加えて、出汁巻卵、煮干しの佃煮を並べる。味噌汁までは夜の魚定食のメニューだったが、出汁巻卵と煮干しの佃煮は定食メニューには含まれていない。

「白ご飯を」

真人に言われて、真琴は茶碗に炊きたてのご飯をよそった。プラス三十円で五穀米が選べるが、この男性は白米派らしい。

真琴は料理の載ったお盆を男性の前に運んだ。

「お待たせしました。ごゆっくりどうぞ」

男性は軽く頷き、「いただきます」と胸の前で手を合わせた。静かに箸を取り上げ、食事を始める。ピンと伸びた背筋と所作が美しい。

三神食堂の客は、会社帰りに疲れた顔で食べに来る独身のサラリーマンや休憩中のタクシー運転手、仕事終わりに一杯飲んで帰る工場勤めの男性グループ、近所の老夫婦などが多い。彼はそういう人たちとは明らかに雰囲気が違った。どういう人なのか気になって、真琴は厨房に戻ると、真人に小声で話しかける。

「あのお客様、常連さんなの？」

真人は布巾で調理台を拭きながら答える。

「そうだな」

「『いつも通り』って注文されたら、なにをお出ししたらいいの？」

「私が応対するから、真琴は気にしなくていい。無駄話はするな」

父に押し殺した声で言われて、真琴は唇を引き結んだ。

それからほどなくして、川向こうの小さな工場で働く男性が四人、格子戸を開けて入ってきた。全員四十代から五十代で、着古したグレーの作業着のまま来店し、真琴を見てはニヤけた顔になって声をかける。

「真琴ちゃん、今日もべっぴんさんやなぁ」

「息子の嫁に来《こ》うへんか？」

「いやいや、それよりわしの嫁に」

「おまえじゃあかんわ。犯罪になるで」

「一回デートするくらいえ～やん。なー、真琴ちゃん」

真琴は六十手前の赤ら顔の男性・吉村《よしむら》に冷ややかな目を向けた。

「お断りします」

「つれないなぁ。けど、そういうつんつんしたところもえ～わ。なぁ？」

吉村に話を振られて、残りの三人は楽しそうに大きな声で笑った。けれど、この話をされるのは今日で三日目だ。

（なにがおもしろいんだか）

月曜日に初めて言われたとき、真琴はセクハラだ、と抗議しようとした。拳をぐっと握りしめた瞬間、静絵がお茶を運びながらにこにこして言ったのだ。

『あらぁ、吉村さんにはステキな奥さんがいるじゃないですか。ダメですよぉ、そんなこと言っちゃ』

吉村は手のひらで自分の広いおでこをペチンと叩いた。

『そうや、俺には嫁さんがおったんや。もう空気みたいな存在になっとるし、すっかり忘れとったわ』

そうして周囲の男性とともに、おもしろくてたまらない、と言いたげに大声で笑った。

注文を聞いて厨房に戻る母が、すれ違いながら真琴の背中を軽く撫で、真琴は大きく息を吐き出して、握りしめた拳を解いたのだった。

(こんなノリには付き合いきれない)

真琴はいら立ちを押し隠し、エプロンのポケットから無表情で注文伝票を取り出した。

六時半を過ぎた辺りから、町外に勤めに出ていた住民が電車で帰ってきて、店が一番賑やかな時間帯を迎える。子どもの頃の記憶では、連日のように満席になっていた気がするが、この三日は席が六割ほど埋まればいい方だった。

子どもが減っているうえに、ほかの市や府県で就職する若者が増えているからだろうか。

真琴は店内をぐるりと見回し、一番若いアーモンドアイの男性の顔に視線を止めた。男性はちょうど食事を終えたところで、箸を静かに置き、食べる前同様、胸の前で手を合わせた。

「ごちそうさまでした」

男性のつぶやきを聞いて真琴はレジに向かおうとしたが、真人に呼び止められる。

「真琴、先に夕食を食べてきなさい」

「ええと、あのお客様の会計をしようと思ったんだけど」

真琴がアーモンドアイの男性を視線で示すと、真人は首を横に振った。

「必要ない」

自分が応対するから必要ない、ということか。

「わかった」

真琴は低い声で返事をして厨房を出た。暖簾をくぐって廊下に上がり、奥の和室に向かう。そこにはすでに母が食事を並べていて、いつもの場所に座っていた。

「真琴、お疲れ様」

「お母さんも」

真琴は母の隣に座った。静絵はテレビの前に置かれた炊飯ジャーから真琴の茶碗にご飯をよそう。

「どうぞ」

「ありがとう」

真琴は両手で茶碗を受け取った。今日の夕食は夜定食のメニューとほとんど同じで、サバの味噌煮込みとひじきの煮物、小松菜と揚げのおひたし、それに豚の生姜焼きだ。

「鞠絵は？」

真琴の問いに、母は自分の茶碗にご飯をよそいながら答える。

「もうすぐ帰ってくるとは思うんだけど。なかなか卒論のテーマが決まらないみたいで、今日も図書館だって」

「がんばってるんだねぇ」

真琴は母と一緒に「いただきます」と手を合わせた。箸を取って白ご飯を食べ始めたとき、母が尋ねる。

「食堂の仕事、少しは慣れた？」

真琴は軽く肩をすくめた。

「まあ、少しは」

「立ち仕事だから、疲れるんじゃない？」

「そうだね。前の仕事はデスクワークが多かったから」

「東京で働いてどうだった？　楽しかった？」

真琴はサバの身をほぐしながら、東京で暮らした三年半を振り返った。大企業の役員秘書としてじゅうぶんな額の給料をもらい、会社近くのこぎれいなマンションに住んで、おしゃれな服を身につけた。誰にも気を遣わなくていい、快適な一人暮らし生活を満喫していた。セクハラ上司を投げ飛ばすまでは。

「……そうだね」

真琴が沈んだ声を出し、静絵は心配顔になった。

「やっぱりなにか嫌な目に遭ったの？」

静絵の顔を見て、真琴は答えをはぐらかす。

「まあ、いろいろと」

「真琴は小さい頃から真面目で正義感が強かったものねぇ」

「真面目すぎるのかもしれないけどね」

食堂の男性客の軽口にも、いちいち目くじらを立てず、軽くいなすことができれば、もっと過ごしやすくなるのかもしれない。

「善悪の境界線は、人によっても、地域によっても違うからねぇ。この辺りだと、悪意のない冗談を言う人が多いものね」

悪意のない冗談。それを受け流すのが難しいのだ。

真琴が顔をしかめたのに気づき、静絵は思いやりのこもった表情になる。

「お母さんは、〝吉村さんはいつもの冗談が言えてるし、今日もお元気なのね、よかった〟って思うようにしているの。誰の目線で考えるか、ってことよね。心に余裕があるときは、やりやすいんだけど」

「心に余裕、かぁ」

「もちろん、真琴が嫌だったら正直に伝えてもいいのよ」

母に言われて、真琴は黙って微笑んだ。

悪意のない冗談に気の利いた冗談で返すのが苦手なのは、子どもの頃からだ。

「不器用でまっすぐな性格は……誰かさん譲りよねぇ」

静絵が笑みを含んだ声で言い、真琴は目を剥いた。また父に似ていると言われたくなくて、急いで別の話題を探す。

「あ、あー、そうだ！　さっきすごいイケメンが来店してたよねぇ。ほら、髪に茶色のメッシュが入った男の人」

娘の動揺を見て取ったのか、静絵はクスリと笑って応える。

「ああ、富久根《ふくね》光牙《こうが》さんね」

「あの人、富久根さんって言うんだ。『いつも通り』なんて注文をするわりに、私が見たのは今日が初めてだったけど」

「そうね。ほぼ毎日来てくださるけど、今週は日曜日のお昼に来て以来だったわね」

静絵は言いながら、おひたしの小鉢を手に取った。

「じゃあ、やっぱり常連さんなんだね。いつぐらいから来るようになったの？」

「三ヵ月くらい前かしら」

「なにしてる人？」

「福木商店街の空きビルに入居した探偵さん」

「探偵!?」

真琴はサバの身をほぐす手を止めた。

あの男性は、こんな犯罪とは縁がなさそうなのんびりした町に、探偵事務所を構えたというのか。探偵といえば、少し前にテレビドラマで見たように、浮気調査や身元調査のため、お金をもらって人の身辺をコソコソと嗅ぎ回り、プライバシーを暴くイメージしかない。

うさんくさい、と真琴は嫌そうな顔をした。娘のそんな表情を見て、母が口を開く。

「不況や少子化で、福木商店街でも少しずつお客様が減っていたんだけど、この半年ほど、びっくりするくらい急激に売上が悪化しているの。ずいぶん空き店舗が増えたのは、真琴も気づいたでしょう？」

「だから、ああいう若い人が商店街で仕事をしてくれたらありがたいってこと？」

「少なくともマイナスにはならないと思うわ」

「そうかもしれないけど……」

真琴は箸を進めながら、どうせならおしゃれなカフェや流行のスイーツショップが入ればいいのに、と心の中でつぶやいた。

第二章「みんなを、ただ笑わせたかったんです」

その週の土曜日。いつもはのんびりマイペースな鞠絵が、朝からそわそわしていた。今日は商店街を盛り上げようと、商店街振興組合が企画したお笑い芸人・藤巻《ふじまき》カンジによるライブがあるからだ。

鞠絵はこれからデートかと思うくらい、うきうきした様子でクローゼットから洋服を選んでいた。そんな妹を見て、真琴は冷めた声を出す。

「藤巻……って芸人さん、最近、なにかやらかしてテレビから消えてたよね？」

真琴はマスタードイエローのニットと白のパンツに着替えながら、一ヵ月ほど前に見たネットニュースを思い出した。

藤巻はフリップボードを使ってネタを披露する二十代後半くらいの男性で、ハの字眉のひょうきんな顔立ちをしていた。ときどきテレビに出ていたから、それなりに人気はあったのだろう。だが、一ヵ月ほど前、若手お笑い芸人によるライブでネタがウケず、逆上してマイクを蹴飛ばし、緞帳《どんちょう》にぶら下がって引きずり下ろし、舞台袖の小道具置き場に置かれていた小道具を放り投げ……と大暴れしたのだ。スタッフが藤巻を連れ出し、どうにかライブは続行されたらしいが、それ以後、藤巻をテレビで見ることはなくなった。

小花柄のブラウスを着て紺色のロングスカートを穿いた鞠絵は、ライトグレーのカーディガンを手に取りながら言う。

「でも、初期の頃はすごくおもしろかったんだよ」

「だったら、藤巻さんは一発屋だったってことじゃない？」

「一発屋というよりは、大暴れしたから仕事がなくなったわけで……。藤巻さん自身はすごく反省してて、一からやり直す覚悟で演芸場回りをしてるらしいよ。それで、今回も破格の出演料でライブをしてくれるって」

「そうだったね」

真琴は気のない声で返事をした。

食堂で働くことにした日、父が組合長を務める福木商店街振興組合が、商店街に活気を取り戻そうといろいろ努力していることを、母から聞いた。

「お父さんに言われて、昨日は商店街の飾りつけやステージの設営作業を手伝ったんだから、いくら破格の出演料でも、盛り上がるライブをしてくれないと」

真琴としても、ライブの日だけでも商店街が賑わうことを願っていた。しかし、いくら人気があったからといって、大暴れしてテレビから消えたようなお笑い芸人を呼んで大丈夫なのか、という不安はある。

「藤巻さんなら大丈夫だよ。あの人の顔を見てるだけで和むもん。私、生で藤巻さんを見るの、初めてなんだぁ」

一方の鞠絵は本当に藤巻のライブを心待ちにしているようだ。わくわくした表情で、長めの前髪を花のついたヘアピンで留めた。

ランチタイムの片付けが終わった二時半、真琴は静絵と鞠絵とともに藤巻のライブ会場に向かった。ライブが行われるのは、T字の横棒と縦棒がぶつかる場所にあるサニースカイ広場だ。この部分だけ一年半前にアーケードの古い屋根を撤去し、透明なガラス張りの天井に改装されている。

中央に一段高いステージがあり、その前に緩やかな弧を描くようにパイプ椅子が並んでいる。その後ろは立ち見席で、誰でも無料で藤巻のお笑いライブを見ることができる。

真琴がこの町に戻ってくる前から熱心に宣伝が行われていたこともあり、ライブの開演は三時だったが、二時半の時点でパイプ椅子の席は半分くらい埋まっていた。前列には小学生の男の子が十人近く座っていて、中程には家族連れや高齢者グループなどがいる。

広場に流れる賑やかな音楽を聴きながら、ステージをぐるりと見回すと、ステージ脇に青い法被《はっぴ》を着た商店街振興組合の組合員たちの姿が見えた。ほとんどが中高年の男女で、真人もその中にいた。

「真琴、鞠絵」

真人が娘たちの姿に気づいて手招きした。

「なに？」

「ちょっと手伝ってくれ」

真人は近づいてきた二人にビラの束を差し出す。

「商店街で買い物をしている人たちにこれを配ってきてくれないか？　そして、ライブに来てくれるように声をかけてほしい」

「えーっ、私もライブを見たいのにぃ」

鞠絵が珍しく唇を尖らせた。

「開演に間に合うように戻ってきていいから」

真人が隣に立っていた男性から予備の法被を受け取り、ビラとともに真琴の手に押しつけた。

「ほら、この法被を着て」

「わかった」

せっかく準備をしたんだから、できるだけ盛り上がってほしい。

真琴はその思いから、しぶしぶといった表情の鞠絵と一緒に法被を羽織り、ビラを持って辺りを見回した。T字の縦棒の通りの方が店が多く、人通りもありそうだ。

そちらを指差しながら真琴は鞠絵に声をかける。

「私はあっちに行くね」

「えーっ、私一人なんてやだぁ。お姉ちゃん、一緒に配ろうよー」

鞠絵が心細そうな声で言った。眉を下げたその表情を見て、真琴は頬を緩める。

「しょうがないな。じゃあ、一緒に行こう」

真琴は鞠絵を促して歩き出した。三軒ほど先にある駄菓子屋の前で足を止め、店頭でお菓子を選んでいる小学校低学年くらいの男の子たちに話しかける。

「ねえ、キミたち。これからサニースカイ広場でお笑いライブがあるんだけど、見に来ない？」

レプリカの野球帽を被った男の子が顔を上げた。

「誰のお笑いライブ？」

「藤巻カンジ」

真琴の言葉を聞いて、男の子は首を傾げた。

「えー、誰ぇ？　そんな人、知らない」

「僕知ってる〜。暴れてテレビから消えた人だよ」

パーカーの男の子が声を上げ、真琴は苦笑したいのをこらえて言う。

「消えてないよ。だから、今日ここでライブをしてくれるの。無料だし、ぜひ見ていって」

「どうする？」

男の子たちは顔を見合わせた。

「まだ席は少し空いてたよ」

「じゃあ、見に行ってみる」

「よかった！　楽しんで来てね！」

真琴は男の子たちに手を振って、鞠絵とともに歩き出した。

「藤巻カンジさんのお笑いライブがサニースカイ広場で三時から始まりま〜す。ぜひ見に来てくださ〜い」

主に声を出すのは真琴で、鞠絵は真琴に続いて「よろしくお願いします」と小さく口を動かした。歩いているうちに、一階にシャッターが下りた古い三階建てのビルが視界に入ってくる。その横の階段から、『いつも通り』と無愛想な顔で注文する富久根光牙が姿を現した。白いシャツにグレーのセーター、紺色のスラックスという相変わらず年齢にそぐわない恰好だ。

「あ、光牙さんだ」

鞠絵が隣でつぶやき、光牙が二人に顔を向けた。視線が合ったので、真琴は常連客の彼に挨拶をする。

「富久根さん、こんにちは」

光牙は真琴たちを見下ろしたまま、小さく頷いた。いくぶん尊大にも見える仕草だが、
真琴は愛想よく話しかける。

「三時からサニースカイ広場でお笑いライブがあるんです。よかったら見に来ませんか？」

「言われなくても行くつもりだ」

光牙が低い声で答えた。その顔に笑みはない。そんなふうに無愛想な応対をされて、真

琴はわざわざ声をかけたことがバカらしくなった。

「そうですか。では、ぜひ楽しんでいってください」

「楽しめるかどうかはわからないがな」

光牙はそう言って歩き出した。

(藤巻さんのライブがおもしろくないとでも言いたいの!?)

真琴はムッとして、光牙の後ろ姿に向かって顔をしかめた。その瞬間、彼が振り向き、真琴は慌てて真顔を作る。

「それから、光牙で構わない」

「は?」

真琴は瞬きをした。光牙は「みなまで言わねばわからないのか」と不満げに息を吐いた。

「三神は何人もいるだろう。だから、俺は三神の人間を名前で呼ぶ。その代わり、そちらも俺を名前で呼んで構わない」

光牙は愛想のない声で言って背を向け、再び歩き出した。商店街の人混みの中をしなやかな身のこなしで進み、すぐに見えなくなる。

「なんだか偉そうで嫌な人」

真琴は首を小さく左右に振って歩き出した。

「お姉ちゃん」

鞠絵が小走りで真琴に追いついた。真琴は不満顔で零す。

「あの人、本当に愛想悪いね。いくら最初から行くつもりだったとしても、あんな言い方しなくてもいいのに」

「私もあの人が笑ったところ、見たことないなぁ。でも、光牙さんってすごくイケメンだよね。背も高くてスラッとしててかっこいいし」

そう言う鞠絵の頬はほんのりと赤くなっていた。

「鞠絵ってああいうタイプが好みだったんだ」

「えっ、そういうんじゃないよぅ」

鞠絵が目を泳がせ、真琴は思わず笑みを浮かべる。

「顔が赤くなってるよ」

真琴の指摘を受けて、鞠絵は激しく首を横に振った。

「ち、違うよ！　好きとかそういうんじゃなくて……ちょっとミステリアスというか、不思議な雰囲気がある人だな〜って思うくらいで」

「ふぅん」

イマイチ信じていないような真琴の声を聞いて、鞠絵は表情を曇らせて言う。

「光牙さんを見たから赤くなってるんじゃないもん。私、男の人と話すときは、いつも緊張して顔が赤くなるの」

「ほんとに？」

「うん」

真琴は子どもの頃の鞠絵のことを思い出した。鞠絵はいつも真琴の陰に隠れているような引っ込み思案の女の子だった。

鞠絵は視線を落として言う。

「私、こんなふうに背が低い上にぽっちゃりしてて見栄えが悪いから、男の人とうまく話す自信がないの。目が合うだけで、緊張してまともに言葉が出なくなるし」

「鞠絵は癒やし系ですごくかわいいよ！　私も鞠絵みたいに優しい雰囲気だったら、みんなに好かれたのになって思って、ずっと羨ましかった。こんなに背が高いと、なにをやっても悪目立ちするし」

「えーっ。私はお姉ちゃんのこと、スラッとしててかっこよくていいなって思ってたよ。お姉ちゃんみたいに背が高くなりたいってずっと思ってた」

鞠絵が足を止め、つられて真琴も立ち止まった。

「ほんとに？」

「うん、ほんと」

真琴は鞠絵を見た。二人でしばらく見つめ合ってから、同時にプッと吹き出す。

「鞠絵が私みたいに背が高くなりたかったなんて」

「お姉ちゃんが私を羨ましく思ってたなんて」

「お互い無い物ねだりをしてたってことなのかぁ」

真琴がつぶやいたとき、鞠絵が「あっ」と声を上げる。

「お姉ちゃん、そろそろ戻ろう！　藤巻さんのライブが始まっちゃう」

真琴は鞠絵に言われて腕時計を見た。三時まであと三分しかない。

「本当だ」

真琴は鞠絵と一緒に急ぎ足でサニースカイ広場に戻った。ステージの前のパイプ椅子はほぼ満席で、客の入りは心配なさそうだ。あとは藤巻が客の心を摑むようなライブをしてくれれば、商店街も盛り上がるだろう。

真琴は父に法被を返し、鞠絵と一緒に立ち見席の右端に立った。ぐるりと客席を見回すと、パイプ椅子の最後列に光牙が座っていた。椅子にもたれて腕と脚を組み、ステージをまっすぐに見つめている。

あんなに無愛想なのに、お笑いには興味があるのだろうか。

彼が笑ったところを見てみたい気がする、などと思いながら、真琴はステージに顔を向けた。

直後、流れていた音楽が消え、腕時計を見ると三時ちょうどになっていた。青い法被を着た三十五歳くらいの男性が、ステージの下手に現れた。手にはマイクを持っている。

「皆様、福木商店街にようこそお越しくださいました。本日は商店街特別イベントといたしまして、人気お笑い芸人の藤巻カンジさんに、単独ライブを行っていただきます。また、商店街ではさまざまな店舗が記念セールを開催いたしておりますので、藤巻さんのライブで楽しい時間を過ごしたあとは、ぜひ各店舗に足をお運びください。それでは、藤巻さん、よろしくお願いします！」

　法被の男性がお辞儀をして舞台袖に消えた瞬間、上手からハの字眉をした細身の男性が現れた。赤系のチェックシャツとブラックジーンズという恰好で、腰を低くして、小走りで中央のスタンドマイクに近づく。

「どうもー、皆さん、こんにちは！　藤巻カンジで〜す！」

　藤巻は愛想よく笑いながら、ペコペコとお辞儀をした。

「えー、僕はこういうフリップボードを使って、お笑いをさせてもらってま〜す」

　藤巻は右手に抱えていた白いフリップボードを正面に向けた。一枚目に〝福木商店街のご紹介！〟と書かれたそれは、子どもの頃に見た紙芝居よりもやや大きいサイズだ。藤巻はそれを、マイクスタンドの近くに置かれていたフリップボード立てに載せた。

「本日は福木商店街の特別イベントということで、記念セールも開催されるとか！　僕も楽しみにしてたんですよ〜。それで、先にちょっと各店舗のセールを覗いてきたんです。そして、そのセールの様子を簡単にご紹介しようと思って、こちらにまとめてきましたぁ！」

　藤巻は一度咳払いをして、一枚目のフリップボードをめくった。二枚目には、鮮魚店の前に立つ男性店主の写真がプリントされていた。御年七十歳の小柄な男性で、妻と息子夫婦の四人で〝ホンダ鮮魚店〟を営んでいる。

「まあ、びっくりしましたねぇ。店頭に〝鮮度一番〟って堂々と書いてあるんですよ。ほら、皆さんも見えます？」

藤巻は鮮魚店の屋根看板の部分を指差し、続いて写真の店主を示す。

「鮮度一番って言うわりに、店長の鮮度がイケてない。目なんか濁ってて、もう死にかけですやん。どこが鮮度一番やね～んって」

藤巻は大きな笑い声を立てたが、イベント会場ではかすかな失笑が起こっただけだった。

藤巻は小さく首を傾げたが、すぐにフリップボードをめくった。今度現れたのは、ランジェリーショップの店頭の写真で、二体の白いマネキンが鮮やかな色の下着を身につけている。

「それから、このランジェリーショップ。ランジェリーなんてドキドキしますよね！　だけど、なにこの色気のないマネキン！　〝ふっくらバストを叶えるブラ〟がウリなのに、マネキンじゃあねぇ～。固すぎてふっくらかどうかわからんっつーの。やっぱりここは生身の人間でないと」

藤巻はニヤけた笑いを浮かべた。

そうして、その後も藤巻のトークは続いていくが、イマイチ真琴の笑いのツボにははまらなかった。それはほかの客も同じようで、みんななんとも言えない微妙な表情をしている。

「藤巻さんって痛快で絶妙なツッコミがよかったのに、こんなに品のないお笑いをするなんて……やっぱりみんなが言うように、もうピークは過ぎちゃったのかなぁ」

隣で鞠絵ががっかりしたようにつぶやいた。

真琴も同じ意見だ。

確かに辛口なツッコミが評判だったが、それはもっと笑える内容だった。今のように誰かを貶《おとし》めたり、見ている人を不快な気持ちにさせたりするものではなかった。

「あーあ……会場も盛り下がってるなぁ……」

真琴は広場を見回してため息をついた。最前列の子どもたちはつまらなそうな表情で、隣の子どもと指相撲などの指遊びをしたり、さっき買った駄菓子を食べたりしている。大きなあくびをしたり、おしゃべりを始めたりする人もいる。中程に座っていたカップルは、ついに立ち上がって会場を出て行った。

そのとき、藤巻の声が止まった。フリップボードを手にし、口を半ば開いたままの姿勢で固まっている。直後、目を見開いたかと思うと、いきなりフリップボードを振り上げた。

「うわあぁあっ」

そして、叫び声を発して足元に叩きつけた。フリップボード立てを蹴飛ばしたので、厚みのあるボードが散乱する。続いて、商店主たちが手作りしたアーチ看板の支えに体当たりをした。藤巻の細い体が弾き返されたのを見て、最前列の小学生たちは笑い声を上げた。しかし、藤巻がマイクスタンドを蹴倒して、キーンという甲高く耳障りな音が響くと、小学生たちは悲鳴を上げて耳を押さえた。

「藤巻さん!?」

舞台袖で見ていた司会の男性が驚いて声をかけた。止めるべきか躊躇している間に、藤巻はアーチ看板の支えに再度体当たりを食らわせ、看板は大きな音を立てて倒れた。

会場が騒がしくなり、鞠絵が不安そうに真琴のニットの袖を摑んだ。

「お姉ちゃん」

「あれも芸なの？」

判断できずにいるうちに、藤巻は大きな黒いスピーカーを押し倒した。さすがにやりすぎだと思ったのか、司会者が舞台に飛び出した。法被の男性たちが制止しようと藤巻に近づくのを見て、藤巻はステージから飛び降りて走り出した。

「あっ、藤巻さん！」

司会者は藤巻を追おうとしたが、騒然とする会場の様子を見て、そちらを収める方が先だと考えたらしい。

「ちょ、ちょっと過激な芸でしたが、お笑い芸人、藤巻さんでした～」

顔に笑みを貼り付け、司会者はパチパチと拍手をしたが、客席から拍手は起こらなかった。

「ぜんぜんおもしろくなかった」

「なんなの、あれ！」

会場ではあちこちから不満の声が上がった。商店街を盛り上げるための企画が失敗に
――それも大失敗に――終わったことは明らかだった。

真琴はめちゃくちゃになったステージを見て、怒りが込み上げてくるのを感じた。真琴

は父に言われて手伝っただけだったが、イベントを主導した商店街振興組合の組合員たちは、本当に一生懸命だった。どうやったら人をたくさん呼べるか。どんなチラシが効果的か。できるだけコストをかけずに盛り上げるためになにができるか……。直前まで、真剣な表情で話し合っていた。そんな彼らの様子を思い出して、真琴は両手の拳をギュッと握る。

「許せない！」

真琴は藤巻を追って走り出した。

「お姉ちゃん⁉」

鞠絵の声が聞こえたが、構うことなく人波を縫って商店街を走る。三神食堂の方に駆けていく藤巻の後ろ姿が見え、真琴は懸命に足を動かした。

しかし、食堂の前を通って商店街を抜けたところで、藤巻の姿を見失った。真琴は辺りを注意して見ながら歩く。

(もしかしたら、車で帰るのかも)

思いついて近くのコインパーキングに走ったが、そこに藤巻の姿はなかった。念のため、少し先にあるコインパーキングまで探しに行ったが、そこにもいない。

(いったいどこに逃げたの⁉)

タクシーを拾われたら追いかけるのは無理だ。真琴は焦りながら堤防の遊歩道に上った。そこから周囲を見回したとき、草の茂る河川敷のベンチに誰かが寝ているのが見えた。見覚えのある赤系のチェックシャツを着た男性だ。

「いた！」

真琴は斜面を滑るように下りて、ベンチに駆け寄った。藤巻は川の方を向いて横になっている。

「藤巻さんっ」

真琴は彼の背中に声をかけた。しかし、彼はピクリとも動かない。

「ちょっと、藤巻さん！」

真琴は彼の前に回り込んだ。藤巻が目を閉じて眠っているのを見て、真琴は胸がムカムカしてきた。

（会場をめちゃくちゃにしておいて、こんなところで呑気に寝てるなんて！）

その怒りに任せて、真琴は金属製のベンチを蹴飛ばした。ガンと大きな音がしたが、藤巻は目を覚まさない。真琴は彼の肩を揺すった。

「藤巻さん、起きてくださいっ」

大声で呼びかけたが、彼は目を開けない。

「藤巻さんってば！　起きなさい！　起きろっ」

真琴は藤巻の肩に両手をかけて乱暴に揺すった。

「う、うん……？」

藤巻はのろのろとまぶたを持ち上げ、右手で目をこすった。真琴は腰に両手を当てて藤巻を見下ろす。

「あんなことをしておいて、よくこんなところで呑気《のんき》に寝てられますね！」

「え……キミは？」

まだ目が覚めきらないのか、藤巻はぼんやりした顔で真琴を見上げた。それがとぼけているように見えて、真琴の怒りの炎が燃え上がる。

「私のことなんてどうでもいいんですっ。それより、みんなに謝ってください！」

「謝るって……？」

真琴の剣幕《けんまく》に驚いたように、藤巻はきょとんとした表情で瞬きを繰り返した。

「言い逃れはできないんですよっ！」

右手を伸ばして藤巻の胸ぐらを摑もうとしたとき、それを止めるように真琴の右手に誰かの手が触れた。驚いて手の主の方に顔を向けると、いつの間に来たのか、あの無愛想な探偵が立っていた。

「えっ、富久根さん？」

「光牙だ」

こんなときにそんなことはどうでもいい。

真琴はキッと光牙を睨んだ。

「おまえでは対処できない」

光牙の眼差しは真琴の視線を跳ね返すぐらい力強く、真琴の怒りがわずかにそがれる。

「どういう意味ですか？」

「いいから、俺に任せろ」

光牙の目には揺るがぬ光が宿っているが、真琴としては完全に怒りが収まったわけではない。だが、このまま睨み合っていても埒《らち》が明かない。

「……じゃあ、お手並みを拝見します」

真琴は不承不承という顔つきで返事をした。その顔を見て、光牙はふっと片方の口角を上げた。おもしろがるような笑みに見えたが、それは一瞬で消え、光牙は藤巻の腕を取って彼を引き起こした。

「ついてこい」

光牙の低い声を聞いて、藤巻はおどおどと尋ねる。

「ど、どこへ？　あなたはいったい誰なんですか？」

光牙は顔を近づけて、藤巻の目を覗き込んだ。その視線は藤巻の脳まで貫きそうなほど鋭い。

「俺は『ついてこい』と言ったんだ」

有無を言わせぬ強い口調で言われ、藤巻は体をビクッと震わせた。大人しくベンチから立ち上がり、歩き出した光牙に続く。

いったいどこへ行くのだろう。

真琴は少し離れて二人に続いた。サニースカイ広場に連れていくのかと思いきや、光牙は商店街に足を踏み入れると、目の前にある店——つまり三神食堂——の格子戸に手をかけた。そうして藤巻を促して二人で中に入る。

「えっ、どうしてうちに!?」

真琴は驚いて足を速め、ドアを開けて店に入った。店内では光牙が隅にある四人掛けのテーブル席に座るよう、藤巻に手で示している。藤巻はおずおずと椅子に腰を下ろした。

「光牙さん」

カウンターの向こうから静絵が心配そうに声をかけた。光牙は大丈夫だ、と言うように大きく頷き、真琴に顔を向ける。

「〝あやかり〟となにかつまめるものを二人分」

真琴は反射的に注文伝票を取ろうとして、はたと手を止め、目を吊り上げて光牙を見る。

「イベントをめちゃくちゃにした人に、どうして食事を出さなくちゃいけないんですか!?」

「必要だからだ」

光牙が淡々と答え、真琴は彼に抗議する。

「必要とは思えません。サニースカイ広場を片付けるのが先じゃないですかっ」

光牙はうるさそうに顔をしかめ、藤巻は困惑顔で真琴を見た。なんのことかわからない、と言いたげな藤巻の表情を見て、真琴の頭に血が上る。

「私は父に言われて手伝っただけですけど、ほかの人たちは商店街を盛り上げたい一心で、一生懸命準備をしたんですよ！　それなのに、あなたはあんなことをして……恥ずかしくないんですかっ」

真琴が声を荒らげたとき、店のドアが開く音がして、真人の声が聞こえてくる。

「真琴、大きな声を出すのはやめなさい」

真琴は振り返って出入口を見た。

「お父さん！」

「光牙さんの言う通りにしなさい」

「は？」

真人はカウンターを回って丁寧に手を洗った。日本酒の瓶が並んだ棚の前に立ち、手前の瓶をよけて奥から一本の瓶を取り出した。ラベルには流麗な筆文字で〝あやかり〟と書かれている。それをグラスと一緒に光牙と藤巻の座るテーブルに運び、グラスに酒を注いだ。

「お父さん、どうして？」

真琴の言葉に答えず、真人はあやかりの瓶をテーブルに置いて厨房に戻った。夜の営業に備えて朝から用意していた総菜を小鉢に盛り始める。

「これをお出ししなさい」

「嫌」

「真琴」

真人が顔を上げて真琴を見た。父はいつもの通り表情が乏しく、なにを考えているのかわからない。

「黙ってつまみを出しなさい」

真人は強い口調で言って真琴の視線を受け流し、料理の盛りつけを続ける。

はらわたが煮えくりかえる、とはまさにこんな気持ちなのだろう。真琴は燃えるような怒りを抱えたまま、料理を運んだ。白菜の甘酢漬け、牛肉とゴボウの甘辛煮、キュウリとセロリの梅肉和え、煮干しの佃煮など、真人は次々にお盆に並べる。

真琴は腹立ち紛れに皿や小鉢をテーブルに乱暴に置いた。

「僕、あなたに……なにかしたのでしょうか？」

藤巻がおどおどして言った。真琴は爆発しそうな怒りで声を震わせながら、言葉をぶつける。

「私にじゃない。みんなにでしょ！」

「真琴！　余計なことを言うな」

厨房から父の厳しい声が飛んできた。真琴はキッと父を見る。

「本当のことじゃない」

「店にいる限り、二人とも三神食堂の大切なお客様だ」

真琴は言い返したいのを、大きく息を吸い込んでこらえ、テーブルから離れて壁際に立った。

光牙が酒のグラスを持ち上げて、藤巻にも「ほら」と促す。

「会計のことは気にするな」

藤巻は真琴の顔をチラッと見たが、真琴の怒りの眼差しを受け、すぐに視線をテーブルに戻した。おずおずと手を伸ばし、日本酒のグラスを手に取る。

「お、お疲れ様です」

藤巻はグラスを光牙のグラスにカチンと合わせて、一口含んだ。ゴクリと飲み込み、目を丸くする。

「かなり……辛口のお酒ですね」

「だが、うまいだろう？」

「はい」

「料理もいけるぞ」

光牙に勧められて、藤巻は箸を取り上げ、真人が作ったばかりの牡蛎のバターソテーを口に入れた。

「あ、本当だ。すごくおいしいです」

「三代目店主の真人もなかなかの腕だ」

光牙がグラスを持ったままニヤリと笑い、父は「恐れ入ります」と頭を下げた。

光牙のその言い方は、祖父や曾祖父の料理を食べたことがあるようにも聞こえる。

（まさか、ね）

真琴は首を傾げながらも、藤巻から目を離さなかった。次に暴れたら、絶対に取り押さえてやる、という気持ちのまま、油断なく彼を見張る。そんな真琴の視線を感じて、最初は居心地悪そうにしていた藤巻だったが、食事が進むにつれて肩の力が抜けたのか、ぽつりぽつりと話を始めた。

「こんなに……おいしい料理をゆっくり食べるのは久しぶりです」

「忙しかったのか？」

光牙は煮干しの佃煮を箸で口に運んだ。

「ええ、まあ。あなたもご存じでしょうけど……一ヵ月前にテレビで大失敗をしまして」

「そのときのことは覚えているのか？」

藤巻はグラスを持ったまま、淡く微笑んだ。

「いいえ。緊張しながらステージに立ったところまでは覚えているんですけど、そのあとの記憶がまったくなくて……。気づいたら自分のマンションのベッドで寝ていました。あとでマネージャーから、僕がステージで暴れてセットを壊し、ライブを台無しにしたのだと教えられました。でも」

光牙が藤巻の声に言葉を重ねる。

「おまえは覚えていなかった、と」

藤巻はすがるような目で光牙を見た。

「本当なんです！　誰も信じてくれないんですけど……自分が暴れている動画を見ても、

ぜんぜん心当たりがないんです」

　藤巻の両目に涙が盛り上がる。

「僕、小さい頃からひょろっとしてて、体力もないし運動神経も鈍くて。顔もこんなだから、よくからかわれたり、いじめられたりしたんです。でも、テレビでお笑いコンテストを見てたとき、優勝した芸人さんが『子どもの頃、顔が変だって笑われた。でも、顔だけで人を笑わせることができるってすごいことなんだって、あるとき気づいた』って話してたんです」

　藤巻は残っていた酒を飲み干した。グラスを置くと同時に、両目から涙が溢れ出す。

「そのときからお笑いが大好きになって、将来はお笑い芸人になりたいって思ってました。そんな僕が、せっかく夢を叶えたのに、あんなことをするなんて……信じられなかったし、信じたくもなかったです」

　藤巻は涙をポロポロ零しながら光牙を見た。

「さっき河原で起こされたとき、一ヵ月前と同じ感覚があったんです。緊張しながらステージに上がって、気づいたら寝ていた。そして、その間の記憶がない。僕はまたやってしまったんでしょうか？」

　光牙は黙ったまま、藤巻の空いたグラスにあやかりを注いだ。藤巻は涙を飲み込むように、酒をあおる。

「僕みたいな小心者が、テレビに出るなんて無理だったのかもしれない。人気が出始めてから、失敗しないか、スべらないか、一日中、不安で怖くてたまらなくなって……。自信を持てるよう、パワースポットに行ったり、有名な神社にお参りしたりしたのに……」

藤巻は両手で顔を覆い、声を上げて泣き出した。真琴はどうしたらいいのかと厨房を見た。そこに静絵の姿はなく、真人は包丁でなにかを切っている。店内での会話を意に介さず、料理を作っているようだ。

真琴が視線をテーブルに戻すと、藤巻がゆっくりとテーブルに突っ伏した。寝たのかと思ったとき、光牙が低く凄みの利いた声を出す。

「出てこい。おまえが憑《つ》いているのはわかっている」

（なにを言ってるの？）

真琴が怪訝に思ったとき、藤巻がゆらりと頭を起こした。彼の体がぼうっと淡く光ったかと思うと、その体から魂が抜け出すように、淡い黄色の塊が空中にふわりと浮き上がる。その塊はゆったりと漂ってから、藤巻の膝の上に降り立った。煙のようにぼんやりしていたそれが、徐々に形を持ち始め、はっきり見えた瞬間、真琴は驚いて飛び退き、壁に背中を張りつけた。

「ええっ」

それは人間の男性の生首のように見えた。しかし、大きさが尋常ではない。顔だけしかないのに、大玉転がしの大玉くらい巨大なのだ。頭髪は薄いが、眉は黒々として太く、目はぎょろりと飛び出していた。耳があるべき場所から手が生え、垂れた頬がそのまま足になっている。見たこともなければ、想像したことさえない。そんな異形の姿のそれが、真琴と目が合って、ニヤーッと笑った。その瞬間、真琴の膝から力が抜ける。

「お、おと、おとうさっ」

真琴はその場にへたり込んで、顔を厨房に向けた。しかし、真人はわずかに目を見開いただけで、首を左右に振った。

「静かにしていなさい」

「し、静かにって」

真琴はうまく回らない舌をどうにか動かす。

「あ、あれはなんの着ぐるみ？　商店街のっ、イベント用？　しゅ、趣味が悪すぎると思うんだけど」

「黙って見ていなさい。こういうときのために光牙さんがいるんだから」

「こ、こういうときって、どういう……」

しかし、それ以上言葉が出てこず、真琴は視線をおそるおそるテーブルに移した。手足の生えた巨大な男性の頭が膝に乗っているというのに、藤巻は目を閉じて椅子にもたれかかっていた。かすかに胸が上下しているから、眠っているのかもしれない。光牙はといえば、不気味としか言いようのないそれを、平然と見据えている。

「おまえは五体面《ごたいめん》だな」

光牙が低い声で言った。五体面と呼ばれたその巨大な頭は頷くような仕草をする。

「へえ、そうです」

野太い男の声が答えた。藤巻はピクリとも動いていないから、どうやら五体面がしゃべっているらしい。

「なぜ藤巻に憑いていた？」

「話せば長くなるんですがね」

「時間ならいくらでもある」

五体面は酒の瓶にぎょろりと目を向けた。

「それ、いいですかい？」

「ああ」

光牙は藤巻のグラスにあやかりを注いだ。五体面は耳の位置についている短い手でグラスを摑み、大きな口に運んだ。頭の大きさに比べて腕が短く手が小さいので、とても飲みにくそうだ。それでも、五体面はちびりと飲んで、しみじみと言う。

「うまい酒ですね。わっしらのためにあるような酒だ」

「〝あやかり〟だからな」

「そりゃ、間違いないですね」

五体面は太い笑い声を上げた。光牙もかすかに笑みを浮かべたが、真琴にはなにがおもしろいのかまったくわからなかった。ただ店の床で腰を抜かしたまま、やりとりを見つめる。

「それで、なぜ藤巻に憑いていた？」

光牙に再び問われ、五体面は短い腕を伸ばしてグラスをテーブルに置いた。

「わっしね、今から二百年ほど前かなぁ、江戸で噺家《はなしか》をしてたんですよ。あの時代は寄席《よせ》の軒数も増えてましてね。わっしもそれなりに人気が出てたんでさぁ」

五体面は酒をうまそうにゴクリと飲んで話を続ける。

「あるときね、お師匠さんをごひいきにしてくださってたお侍さんのお屋敷で、落語を披露することになったんです。まあ、緊張しましたが、どうにか大役を果たせまして。それに安心したのかなぁ。帰り際、よろけた拍子に棚にぶつかって、お侍さんが大切にしていた高価な壺を割ってしまったんです。こりゃあ、斬り殺されても仕方がねぇと覚悟をしました。ところが、そのお侍さん、なんと大笑いされましてねぇ。『おぬしの噺がよほどおもしろかったんじゃな。壺が大笑いして棚から転げ落ちよったわ』って」

「なるほど」

光牙は相づちを打ち、五体面のグラスに酒を注いだ。

「それからもわっしは噺家としてみんなを笑わせてきたんです。そのうち、わっしも年老いて、時代も変わって……気づいたらこんな姿になっていました。自分で言うのもなんですけど、この姿、なかなかおもしろいでしょう？　だから、誰かに見てほしくて、あちこち渡り歩いていたんです。そうしたら、あるとき、この御仁《ごじん》が人を笑わせたいと神社で祈っているところに遭遇しましてね。ぜひ力になって差し上げようと取り憑いた次第でして」

「力になってやろうとして、具体的になにをしたんだ？」

「そりゃあ、簡単なことですよ。最終的には物を壊す！　これに尽きます。なにしろ、あの怖い顔のお侍さんが大笑いしてくださったんですからねぇ」

五体面は得意げな表情で頷いた。そのしたり顔を見て、光牙は一度瞬きをする。

「おまえが壺を壊したのに笑ってくれたのは、その侍の懐が深かったからだ。おまえが責任を感じないよう、笑ってくれたにすぎない」

「へっ？」

五体面の顔から笑みが消えた。

「おまえが藤巻の『みんなを笑わせたい』という強い思いに惹かれて、藤巻の力になってやろうとしたのはわかる。だが、よく思い返してみろ。物を壊して、藤巻は笑いを取れていたか？」

五体面はハッとしたように大きな目をさらに大きく見開いた。

「藤巻が今落ちぶれているのはなぜだかわかるか？」

光牙に畳みかけられ、五体面の顔から見る見る力が抜けていく。

「わっしは……ますます元気をなくしたこの御仁に……元気を取り戻してほしかったんです。この御仁を、みんなを、ただ笑わせたかったんです。それで、今日も張り切っていろいろ壊したんですが……誰もお侍さんみたいには、笑ってくれなかった……」

「まったくの逆効果だったな」

五体面の眉尻がだらんと下がり、藤巻のハの字眉を思わせた。

「わっしは却ってこの御仁の邪魔をしたんですねぇ……」

五体面の声が寂しげになり、光牙は五体面にグラスを示した。

「まあ、藤巻も行き詰まっていたようだからな。このまま消えるも、再起を図るも、藤巻次第だ」

五体面は手を伸ばしてグラスを掴み、酒を一気に飲み干した。

「迷惑をかけて申し訳なかったですねぇ。わっしはもといたお屋敷にでも戻りましょうかね」

「どこだ？」

「例のお侍さんのお屋敷ですよ。今は武家屋敷として一般公開されているんです。たま～にわっしの姿が見える人が来て、わっしを見て笑ってくださいました。腰を抜かされることもありましたがね」

五体面がチラッと真琴を見た。ぎょろっとした目がウインクし、真琴の背筋に悪寒が走る。

「それじゃ、わっしはもう行きます。すまなかったねぇ」

五体面は、その重そうな見た目とは裏腹に、藤巻の膝からふわりと下りた。藤巻の背中をそっと撫でると、藤巻の頭がテーブルに落ち、ゴツンと大きな音を立てた。

「痛っ」

藤巻は声を上げて、額を触りながら体を起こした。

「目が覚めたか」

光牙に問われて、藤巻の表情が苦しげに歪む。

「ああ……全部夢だったらよかったのに……。やっぱり僕はまた会場をめちゃくちゃにしたんだ。今度こそもうおしまいだ」

藤巻は力なくつぶやき、目からまた涙を落とした。光牙は冷めた声を出す。

「泣いてもなにも変わらないぞ」

「でも、泣く以外どうしようもないじゃないですか。たった一つしかない、僕にできることをなくしてしまったんですから」

藤巻が涙声で言い、光牙は静かに口を開く。

「おまえにできることはほかにもある」

光牙は厨房に視線を向けた。真人が気づいてカウンターを回り、光牙のテーブルに歩み寄る。光牙は指で合図をして、耳を寄せた真人になにか囁いた。

「わかりました」

真人が姿勢を正して返事をした。光牙は藤巻を見る。

「このまま終わりたくないなら、この人についていけ」

藤巻は涙でぐちゃぐちゃの顔で真人を見てから、光牙に尋ねる。

「……どういうことですか？」

「なにもしなければ、今おまえが思っている通りの未来にしかならない。なにかすれば、変わる可能性がある。ただ泣いて立ち止まっているくらいなら、今できることをしろ」

光牙に続いて、真人が穏やかな口調で言う。

「片付けを手伝いに行きましょう」

藤巻はゴクリと唾を飲み込んだ。その表情に葛藤が読み取れる。

このままなにもせずに逃げ出せば、今は楽かもしれない。けれど、その先には、自分が夢見ていた未来は待っていない。今差し出されている選択肢は、大変な非難を受け入れ、誠意を伝える努力をすること。本当にお笑いが好きなら、どちらを選ぶべきか……。

「わ、わかりました」

藤巻は袖口でごしごしと涙を拭い、真っ赤な目で唇を真一文字に結んで立ち上がった。

真人がドアを開け、藤巻は真人に続いて店を出る。ドアがぴしゃりと閉まり、その音で真琴は我に返った。辺りを見回したが、さっきの巨大な頭はどこにもいない。

「あ、あの、さっきのあれは？」

光牙は煮干しの佃煮を口に入れ、味わって食べてから真琴を見る。

「帰ったんだろ。まっすぐ帰るかは知らないが」

「そうじゃなくて、なんなのかって訊いたんです！」

「人間の言葉を借りれば、妖怪、もののけ、化け物ってところだな」

光牙は淡々とした口調で答えた。

「はぁ？」

「あやかしともあやかりとも言うが」

「ふざけないでください！」

真琴は壁に手をついて立ち上がった。

「ふざけてなどいない」

「誰かが中に入ってたんですよね。で、隙を見て、どこかに隠れたんだ」

「そう思うのか？　腰を抜かすくらい驚いていたくせに」

意地の悪い視線を向けられて、真琴の頬に朱が差した。

「あ、あれは、見たこともない恐ろしい形の着ぐるみだったからなの！　あんな巨大な生首に手足が生えてるのを見たら、誰だって驚きますっ」

「石頭」

光牙がボソッと言い、真琴は目を剥いた。

「あなたねえっ」

真琴は腹立ちのあまり、客だということを忘れて光牙を睨んだ。彼が目を細め、その目がくすんだ緑にも黄色がかった薄茶色にも見えた。その不思議な色合いに、真琴の怒りが一瞬そがれる。

「父親は片付けを手伝いに行ったのに、おまえは行かないのか」

光牙が冷ややかな声で言った。

「話をそらす気ですか？」

「働き者なのは三代目までか。残念きわまりない」

光牙が呆れたように首を左右に振り、真琴は頭にカーッと血が上った。もはや敬語を使う気もなくなる。

「わ、私は準備を手伝った！」

「準備だけか」

「か、片付けだってちゃんと手伝うよっ」

「それなら、さっさと行け。おまえが行く前に終わってしまうぞ」

「わかったわよ！　行けばいいんでしょ、行けばっ」

真琴は乱暴に格子戸を開け、大きな音を立てて閉めた。腹立ちに任せて商店街をずんずん進む。しかし、歩いているうちに少し冷静さを取り戻し、歩調を緩めた。

（お父さんは『こういうときのために光牙さんがいる』って言ってたけど……あれはどういう意味だったんだろう）

藤巻は一ヵ月前に暴れたときも、『記憶がない』と言っていた。事故にでも遭ったのでない限り、そんなことはありえないだろう。だとしたら、彼は本当に妖怪に取り憑かれていたのか……？

そこまで考えて、真琴は歩きながら首を横に振った。

(そっちの方がもっとありえない)

　ということは、父は藤巻が暴れた原因をわざと妖怪のせいにして、藤巻がみんなに許してもらえるようお膳立てをしたのだろうか。

(そのために富久根さんに頼んで、妖怪の着ぐるみを雇い、それを退治するフリをしてもらったってこと……?)

　漫画やアニメではないのだから、妖怪のせいにするだけで、みんなが藤巻を許してくれるとは思えない。

　真琴は疑わしい気持ちのまま広場に着いた。

　真人と藤巻は、ほかの人たちに交じってパイプ椅子を折り畳んでいて、ギクシャクした空気は感じられなかった。

　みんな藤巻を許したのだろうか?

　真琴は首を捻りながら手伝いに加わった。畳んだパイプ椅子を、キャスター付きの収納台車に二十脚ずつ収納したあと、倉庫まで押していく作業だ。真琴が台車を押そうとしたとき、藤巻が駆け寄ってきた。

「手伝います」

　そのとき、真人が台車に手をかけた。

「私も行こう。真琴は植木鉢の方を頼む」

　父に頼まれ、真琴は素直に「わかった」と返事をした。そうしてステージの上に植木鉢を並べる作業の手伝いに向かう。サニースカイ広場のステージは、使用されないとき、人が上がらないように花を飾っているのだ。

真琴は台車に置かれていた植木鉢を持ち上げた。台車のそばでは法被を着た五十歳くらいの男性がすでに作業をしていた。子供服店の店主・牛島《うしじま》だ。黙々と植木鉢を並べる彼に、真琴はおずおずと声をかける。

「……皆さん、藤巻さんを責めなかったんですか？」

牛島は手を止め、驚いたように真琴を見た。

「責める？　なんで？」

その様子に真琴の方が驚く。

「なんでって……皆さんがあんなに一生懸命準備したイベントを、藤巻さんは台無しにしたじゃないですか」

妖怪に取り憑かれていたという理由だけで、本当に藤巻を許せるのか、と問おうとしたとき、牛島は首にかけていたタオルで額の汗を拭って口を開く。

「真琴ちゃんは藤巻さんを連れてきたときのお父さんの言葉、聞いてへんかったんかな？」

「私は……今さっき来たところなので」

真琴が小声で答え、牛島は納得した、というように頷いた。

「そうやったんか。真人さんはな、『若い人が試行錯誤しているんだから、失敗を責めるのはよそう』言うて、みんなの怒りや困惑を鎮めたんや。藤巻さん、前にテレビで失敗したやろ。『再起しようとしてがんばっているのに、その芽を摘んじゃいけない。方向性を間違えているなら、彼よりちょっとばかり人生経験の長い私たちが教えてやればいい』ってね」

「父が本当にそんなことを……？」

「ああ。そして『まずは片付けからだね』って。さすがは真人さんや」

牛島はそう言って、植木鉢を並べる作業に戻った。真琴はその後ろ姿を見ながら瞬きを繰り返す。

(お父さん、私にはお小言ばかり言うのに、そんないいことを話してたんだ……)

あの父が、と思うと、完全には信じられなかったが、サニースカイ広場で片付けをしている人たちの表情を見ると、誰の顔からも怒りは感じられない。

(丸く収まってるみたいだし、あの着ぐるみは役に立ったってことなのか)

真琴は小さく首を横に振って、植木鉢を持ち上げた。商店街振興組合の組合員や店主たちが何人も手伝っていて、サニースカイ広場はほどなく、イベントのない普段の日の状態に戻った。

「みんなお疲れ様ぁ。どうぞ飲んでやぁ」

弁当屋の四十代の女性店主が、パート店員と一緒に麦茶のペットボトルと缶ビールをカートに載せて運んできた。それを片付けを手伝った面々に配っていく。

「はい、藤巻さんもご苦労様」

店主に缶ビールを差し出され、藤巻は何度も頭を下げながら受け取った。

「すみません、ありがとうございます」

「なかなかツッコミの厳しいお笑いやったね」

店主に言われて、藤巻は首を縮込めた。

「申し訳ありません」

「まあ、ある意味インパクトはあったよねぇ」

店主が声を出して笑い、そばにいたホンダ鮮魚店の店主の息子が同調する。

「そうそう。それで、さっき真人さんに、厳しいツッコミを逆手にとって、〝店主の目は死にかけですが、魚の目は澄んでます〟ってキャッチフレーズをポスターにしたらどうかって言われてん」

ランジェリーショップのふくよかな六十代の女性店主が話に加わる。

「それを聞いて、うちも〝ふっくらバストを叶えるブラの効果をお見せしたいのですが、生身の人間ではいろいろと問題があるので、マネキンに着せています。実際の効果は試着室で体感してください〟ってポスターにしたらどうかな～って考えてん！　笑いを取ってお客さんの心を摑む！　斬新なアイデアやで」

「それもこれも、藤巻さんが来てくれたから思いついたことです」

真人が言い、その場にいた全員が藤巻に温かな視線を向けた。

「皆さん……」

藤巻が目を潤ませ、ランジェリーショップの店主が右手で拳を作った。

「福木商店街はこの半年ほど売上が急に低迷して苦しくなったけど、そんなんには負けへん。それが商魂《しょうこん》ってもんや。藤巻さんも今が厳しい時期やろうけど、負けたらあかん。踏ん張りや」

思いやりのこもった力強い言葉をかけられ、藤巻はわあっと泣き出した。ランジェリーショップの店主が彼の肩をポンポンと叩く。

「お笑い芸人は人を笑わせるのが仕事やろ。あんたが泣いてどうすんの」

藤巻を囲んで温かな笑いが起こった。真琴はその様子を、少し離れた場所で眺めながら考える。

結局のところ、イベントは成功だったのか失敗だったのか。

頭を悩ませていると、五十歳くらいの女性が二人近づいてきた。商店街でよく立ち話をしているのを見かける、おしゃべり好きの二人だ。

「ねえ、上村《うえむら》さん、今のうちに藤巻さんのサインもろとこか」

「そうやねえ、下北《しもきた》さん。藤巻さんが売れたら、自慢できるしねぇ」

二人の会話から、ぽっちゃりした方が上村で、背が高く細い方が下北だとわかった。

「そういえば、古谷《ふるたに》さんのお嫁さんの……美帆《みほ》ちゃんやっけ？　来《こ》ぅへんかったねぇ」

「そうやねぇ、来る言うてたのにねぇ」

「どうしてるか、ちょっと見に行ってみよか」

そんな会話を聞いて、真琴は眉をひそめる。

その〝美帆ちゃん〟は、人の多いところに行きたくないとか、お笑いが嫌いとか、単に気分が乗らないとか、理由があって来なかったのだろう。それなのに、『見に行ってみよか』とお節介を焼く。真琴自身、一人で静かに過ごす時間が好きなので、こういうお節介は苦手だった。

(放っておいてあげたらいいのに)

真琴がチラッと見たとき、二人としっかり目が合った。

「あら、真琴ちゃん。美帆ちゃんは確か真琴ちゃんと同い年くらいやったわね」

「ちょうどええわ。一緒に行こ」

「えっ、いえ、私は」

真琴は断ろうとしたが、「え～から、え～から」と二人に背中を押され、しぶしぶ歩き出した。〝美帆ちゃん〟の迷惑にならなければいいが、と思いながら、商店街の一つ隣の筋にあるという古谷家を目指した。その間にも、女性二人は楽しそうに噂話に興じている。

「そうそう、戸田《とだ》さんとこの娘さん、中学受験しはるらしいよ」

「へーっ。お父さんがお医者さんやもんね。跡を継ぐんやろか」

「そうちゃう？　未来はきっと名医さんや。あの子、かわいいし、賢いし、うちの息子の嫁に欲しいわぁ」

「なに言うてんのん。上村さんとこの息子さんとじゃ、親子ほど歳が離れてるで！」

「まずいかなぁ」

「そりゃ、いろいろまずいやろ」

二人はクスクス笑い出した。こんな調子だから、真琴がどこの大学を受けて不合格になったとか、どこの会社に就職したとか、すべて筒抜けになるのだろう。

二人に案内された古谷家は新築の三階建てだった。上村がインターホンを鳴らし、家の奥で軽やかな音が響いた。しばらく待ったが、応答はない。

「おかしいなぁ。どこか出かけたんやろか。車はあるのに」

上村は前庭に駐まっているオレンジ色のミニバンに顔を向けた。

「古谷さ～ん」

下北は呼びかけながら門扉を開け、ためらう様子もなくずんずん入っていった。

「えっ」

真琴は驚いて声を上げたが、下北はそのまま小さな前庭を抜けてドアの取っ手に手をかける。

「古谷さん、いてへんの？」

取っ手を引くとガチャッと音がした。

「あら、開いてる」

下北は振り返って上村と真琴を見た。いくらなんでもやりすぎだろう、と真琴は思ったが、下北はドアを開けた。中を覗いて悲鳴を上げる。

「ひゃぁあ、大変！」

「どないしたん？」

上村が前庭を急ぎ、玄関に入って同じように声を上げた。

「まああ、美帆ちゃん！　大変やわっ」

ただごとではない様子に、真琴は門を抜けて玄関に走った。

「どうしたんですか？」

二人の後ろから覗くと、靴脱ぎ場に女性が倒れていて、ちょうど下北が抱き起こしたところだった。真琴より少し年上のその女性は、お腹が大きく、マタニティウエアの上からバスタオルを何枚も腰に巻いていた。

「美帆ちゃん、しっかりしぃ」

「し、下北さん……？」

美帆はかすれた声を発して、うっすらと目を開けた。

「破水《はすい》したんやね？」

上村が美帆を支えながら訊いた。美帆は弱々しく頷く。

「はい……。それで、病院に連絡してから、タクシーを呼ぼうとタクシー会社に電話したら、今、この辺りを走ってないって断られて……」

「それで、自分で運転しよう思たの？」

「はい……」

「そんな無理したらあかん！」

下北は言うなりバッグからスマートフォンを取り出した。すぐにつながったらしく早口で話し始める。

「ちょっと、お父ちゃん、車出して！　美帆ちゃんが破水してん！」

相手の返事を聞いて、表情が険しくなる。

「はぁ？　飲んでしもた？　なんやの、もう！　肝心なときに役に立たへんなぁ。後片付け手伝ってた人、何人もおったやろ！　誰か運転できる人、おらへんの？　……え？　みんな飲んでる？　んもーっ！」

下北が真っ赤な顔で通話を終了した。真琴は美帆に話しかける。

「ご主人には連絡されたんですか？」

「しましたが……主人は取引先にいるらしくて、来るのにあと一時間はかかります……」

「こうなったら仕方ないな。真琴ちゃん、運転して！」

下北に言われて、真琴は目を丸くした。

「ええっ」

「免許持ってるやろ？」

「も、持ってますけど」

「うちら、持ってへんねん！」

「躊躇してる暇あらへん！」

　下北に続いて上村にも言われ、真琴は美帆を見た。美帆は右手に握っていた車のキーを差し出す。

「どうか……お願いします……」

　美帆の青い顔を見て、真琴は心を決めてキーを受け取る。

「わかりました」

　車は持っていないが、東京で働いている間、仕事でときどき運転していたので、運転に不安はない。それよりも美帆の状態の方が気がかりだ。

　真琴は美帆が用意していた大きなバッグを肩にかけて外に出た。ミニバンのロックを解除し、ラゲッジルームのドアを開けて荷物を載せる。下北が後部座席のドアを開けて大きなゴミ袋を敷き、その上にバスタオルを広げた。真琴は玄関に戻り、上村とともに美帆を支えながら車に連れていく。

「大丈夫ですか？」

「すみません。病院はここです」

　美帆が母子手帳を開き、真琴はそこに書かれている住所を記憶に叩き込んだ。美帆のかかりつけの産婦人科は、隣の市にある。美帆の隣に上村が座り、下北は助手席に回った。真琴は急いで運転席に乗り込む。

「それじゃ、出発しますね」

真琴は慎重に、だができるだけ急いで車を走らせた。その間、美帆の気持ちを和ませようとするかのように、上村が明るい口調で美帆に話しかける。

「赤ちゃんは男の子やって聞いたけど」

「そうです」

「名前は決めたん？」

「いくつか候補はあるんですが……最終的には顔を見てから決めようかと」

「それがええわ。美帆ちゃんとご主人のお子さんなら大丈夫やと思うけど、洋風でかっこいい名前にしても、生まれた子が埴輪《はにわ》みたいな顔してたら、洒落にならへんしな。うちの姉の孫がそうやねん。名はぜんぜん体を表してへん」

上村が大きな笑い声を上げ、美帆がつられたようにクスリと笑った。そこへ下北が振返って言葉を挟む。

「そうそう、美帆ちゃん、リラックス、リラックスやで」

真琴がバックミラー越しに見ると、不安で張り詰めていた美帆の表情が、少し和らいでいるように思えた。

真琴は府道を走り、幸いなことにほとんど信号に引っかかることなく、十五分ほどで病院に着いた。駐車場に停車するやいなや、上村がドアを開けて飛び出した。驚くようなスピードで病院に向かい、自動ドアから中に入る。かと思うと、すぐに車椅子を押した女性看護師と一緒に戻ってきた。

「古谷さん、車椅子で移動しましょうね」

若い看護師の手を借りて、美帆は車椅子に移動した。看護師は車椅子を押しながら、自動ドアに向かう。真琴はエンジンを切り、荷物を持って下北と一緒に看護師に続いた。受付の照明が落とされているのは、診察時間が終了しているからだろう。

看護師は暗い受付の前を素通りして、一階の婦人科・産科診察室ではなく、エレベーターに向かった。

「ご家族の方ですか？」

看護師に問われて、上村が答える。

「家族ちゃうけど、家族みたいなもんです」

「では、お一人だけご一緒に来ていただけますか？」

看護師は言いながら、上ボタンを押した。

「うちが行くわ」

上村が答えて、真琴から荷物を受け取った。エレベーターのドアが開き、美帆と看護師、上村が乗り込んでドアが閉まる。真琴が院内案内板を見ると、二階には診察室のほかに観察室、分娩《ぶんべん》待機室、手術室、授乳室、ベビールームなどがあった。

「うちらはここで待ちましょ」

下北に声をかけられ、真琴は一緒に受付前のソファに腰を下ろした。明かりが少なく、真琴たち以外、人の気配がしない一階にいると、なんだか不安になってくる。

「美帆さん、大丈夫でしょうか」

真琴の心配そうな声を聞いて、下北は「大丈夫よぉ」と右手を振った。

「私も破水してから病院に行って、無事に息子を産んだんよ。しかも二人も」

「二人とも破水してからですか？」

「そう。それに、三人目は前置胎盤《ぜんちたいばん》で入院して、最後は帝王切開《ていおうせっかい》してん」

「えっ」

下北は懐かしそうな顔をする。

「三人目が一番大変やったなぁ。お腹に今でもうっすらと傷跡が残ってるんやで。がんばって産んだ勲章やね」

下北は声を上げて笑い、「あんなに苦労して産んで育てたかわいい我が子やのに、今ではただのおっさんになってしもた」などと話し始めた。しかし、真琴は美帆のことで気が気ではなく、生返事をしてエレベーターのドアに目を向けた。少ししてエレベーターが一階に着き、ドアが開いて上村が降りてくる。

「美帆ちゃん、このまま入院やって。陣痛を待って出産するみたい」

上村は下北と真琴に近づきながら言った。

「にゅ、入院って！　大丈夫なんですか？」

真琴は思わず立ち上がった。

「心配ないよ。もう三十九週に入ってるから、いつ生まれてきてもおかしくないねん。それに、出産の始まり方は人それぞれ。陣痛から始まる人もおれば、破水から始まる人もおる」

「ほらね、大丈夫言うたやろ」

上村に続いて下北に言われ、真琴はソファに腰を下ろした。上村がバッグから財布を出しながら尋ねる。

「飲み物買《こ》うてくる。真琴ちゃんはなにがええ？」

「あ、飲み物なら私が買いに行きます」

立とうとした真琴の膝に、下北が右手を置いた。

「え〜の、え〜の。真琴ちゃんは運転してくれてんし、素直に甘えなさい」

どうしようか迷う真琴に、上村が頷く。

「人の厚意は素直に受け取るもんよ。なにがええ？」

「それじゃ……お言葉に甘えて……カフェオレをお願いします」

「カフェオレやね。下北さんはいつものミックスジュースでええね」

「よろしく〜」

上村は待合室の隅にある自動販売機で、ドリンクを三本買って戻ってきた。

「はい、どうぞ」

カフェオレの缶を渡され、真琴は礼を言って受け取った。

「ありがとうございます」

缶を開けて一口飲むと、ほんのり甘いカフェオレにようやく人心地がついた。

「古谷さんのご主人に、入院することになりましたって連絡した方がいいですよね？」

真琴が二人の方を見ながら訊くと、上村が答える。

「大丈夫！　病院に向かう前に私が美帆ちゃんのスマホからメッセージを送っといたから。直接病院に来るらしいし、そろそろ着くんやないかな」

真琴が上村の手回しのよさに驚いたとき、自動ドアが開いて一人の男性が駆け込んできた。細い黒縁眼鏡をかけ、紺色のスーツを着た背の高い男性だ。

「あ、古谷さん」

下北が手を振り、古谷は三人に気づいて、焦り顔で駆け寄ってくる。

「あの、美帆は!?」

「心配いらんよ。二階の観察室にいてる。ご主人が急いで向かってるって伝えておいたから、ナースステーションで名前を言うたら大丈夫やで」

「あ、ありがとうございます」

古谷はあたふたとエレベーターに向かった。その背中に下北が声をかける。

「お父ちゃん、しっかりなぁ！」

古谷はエレベーターに乗り込み、頭を下げた。ドアが閉まって、上村がクスクスと笑う。

「新米お父ちゃん、緊張してたなぁ」

「どこもあんなもんやろ。いざというとき、逞《たくま》しいのはお母ちゃんの方や」

下北もおかしそうに笑った。

「あ、私、車のキーを返してませんでした」

真琴の言葉を聞いて、上村が右手を振る。

「ああ、大丈夫。だんなさんは自分の車があるそうやし、美帆ちゃんには『乗って帰っていただけると助かります』って言われてるねん。タクシー代の節約になるし、うちらはそっちの方がありがたいよなぁ」

「というわけで、真琴ちゃん、帰りも運転よろしく」

抜かりのない二人に真琴は内心感服しつつ、「わかりました」と返事をした。


ドリンクを飲んだあと、真琴の運転で帰路についた。女性二人は後部座席だ。辺りは薄暗くなりかけていて、真琴は慎重にハンドルを切る。

「今日はいろんなことがあったなぁ」

後部座席で上村が大きく息を吐いた。

「ほんま。そろそろ晩ご飯の支度せなあかん。今日のおかず、どないしよー」

「うちは昨日作りすぎた肉じゃががあるねん。リメイクして和風カレーにしよかなぁ」

「あ、ええなぁ」

下北が羨ましそうな声を出した。

「ええやろ〜」

「うちにも分けて」

「お断り～」

「え～、ひど～い」

上村と下北は楽しそうに声を上げて笑った。赤信号で停車したとき、上村がつぶやく。

「そういや、こんな日やなかったかな。マサヒトくんが神隠しに遭いかけたのは」

真琴は思わず苦笑を零した。それを上村が目ざとく見つける。

「真琴ちゃん、今笑《わろ》たやろ？」

真琴は振り返って後部座席を見た。

「神隠しって、遅くまで遊ぶ子どもを早く家に帰らせるための迷信でしょう？」

「真琴ちゃん、お父ちゃんに聞いたことないの？　真琴ちゃんのお父ちゃんが小学一年生の頃の話やで」

上村の言葉を聞いて、真琴は眉を寄せる。

「まさか……さっきおっしゃった『マサヒトくん』って、うちの父のことですか？」

「当たり前やないの。ほかに誰がおるん」

上村は、さも当然、と言いたげな口調だ。だが、真琴には、どう考えても父がそんな話を触れ回るとは思えない。

「それって本当に父が言ってたんですか？」

疑り深げな真琴を見て、上村は助手席のヘッドレストを摑み、真剣な表情で真琴に顔を近づけた。

「せやで。一度だけやけどね。私が小学校の帰りに河原で花を摘んでたとき、『隠し婆に連れ去られるかもしれないし、こんなところで一人で遊んでたらダメだよ』って真人くんに言われてん。『僕が連れ去られそうになったとき、猫の神様が来て追い払ってくれたから、この辺りは安全かもしれないけど、気をつけた方がいいよ』って」

「……それを上村さんは信じたんですか？」

真琴が真剣に取り合おうとしていないのに気づき、上村は信じられない、と言いたげな声を出す。

「真琴ちゃんは信じへんの？」

「あの父がそういう話をするとは……」

「あのね、世の中には説明のつかないことがあるもんやの。真琴ちゃんかて、そういう不思議な体験をしたこと、あるやろ？」

「いえ、私はそういう体験は――」

ない、と言う声に、後ろの車のクラクションの音が重なった。慌てて前を見ると、信号は青に変わっている。

真琴はアクセルを踏んで車を発進させた。後部座席から上村の声がする。

「私はね、虫の知らせで美帆ちゃんのことがわかったんよ」

下北の声が同調する。

「そうそう。そういうの、あるよねぇ。私なんて、ず〜っと寝たきりで入院してたおばあちゃんのお見舞いに、たまたま思いついて行ったら、私が行った直後におばあちゃんが亡くなった、なんてことがあったし。あれは間違いなくおばあちゃんに呼ばれたんやわ」

「あるある！　いつもは通らへんのに、なんとなく子どもの学校の前を通って買い物に行こうとしたら、ちょうど子どもが怪我をして、先生がうちに電話をかけるところやった、なんてこともあったわ〜」

後部座席が〝説明のつかない〟体験談で盛り上がり始め、真琴はただの偶然ですよ、と言いたい気持ちをこらえて、運転を続けた。

第三章「火から目を離しちゃいけないよ」

それから一週間と二日が経った月曜日。福木商店街のあちこちに一風変わったポスターがお目見えした。老店主夫婦と息子夫婦が切り盛りするホンダ鮮魚店には〝店主の目は死にかけですが、魚の目は透明です〟、ぽっちゃり女性店主が経営するランジェリーショップには〝ふっくらバストを叶えるブラの効果をお見せしたいのですが、生身の人間ではいろいろと問題があるので、マネキンに着せています。実際の効果はあなたが試着室で体感してください！〟、頑固親父とその息子が握る寿司店には〝顔は極悪ですが、腕は極上です〟など……ひねりの利いたキャッチフレーズが書かれている。

真琴は、〝店主と同じで、いい味ダシます〟というポスターを貼った乾物屋で煮干しを買った帰り、大学生くらいの女性が二人、スマホでポスターの写真を撮っているのを見かけた。

二人は撮った写真を楽しそうに見せ合っている。

「見て、これ！　笑える～」

「ほんとだ！　〝いいね〟たくさんもらえそう！」

通り過ぎながらチラッと見たところ、彼女たちはポスターの写真をＳＮＳにアップしているようだった。ただ、彼女たちが三神食堂のポスターを見て笑ってくれるかどうかは疑問である。なにしろ、三神食堂のキャッチフレーズは〝全メニュー、(たぶん)神様のお墨付き〟なのだ。

三神という名字に引っかけて神様にしたのだとわかってもらえるかもしれないが、自分たちを〝神様〟だと称しているようで、どうしても気恥ずかしさが拭えない。

「ただいま」

真琴が店に入ると、父は昼定食の副菜を小鉢に盛りつけていた。

「お帰り。今日は真琴が出汁を取って味噌汁を作りなさい」

真人の言葉を聞いて、真琴は驚きと不安で心臓がドキンと鳴った。

「わ、私が⁉」

「当たり前だ。皿洗いしかできない店員は必要ないと言っているだろう」

父に言われ、真琴は唇をキュッと結んだ。期間限定とはいえ、アルバイトを辞めたときに〝やっぱり役に立たなかった〟と思われるのは癪《しゃく》だ。

「わかった。今日はなんの具にすればいいの？」

「それも自分で考えなさい」

真人はそっけなく言って、お盆に魚定食の鮭の塩焼き、イカと里芋の煮物、ほうれん草のごま和え、出汁巻卵、煮干しの佃煮を並べた。ほぼ毎日、ランチタイムの開店と同時に食べに来る光牙のためのものだろう。

真琴は先日教わった通りに煮干しの下ごしらえをし、それを水につけている間に冷蔵庫を覗く。鶏肉や豚肉、数種類の魚など、さまざまな食材が入っていた。続いて野菜室を開けると、白ネギが目に留まる。白ネギと油揚げの味噌汁は、母と一緒に朝食に作ったことがあった。きっと失敗せずに作れるだろう。

真琴は白ネギと油揚げをカウンターに並べて、煮干しと水の入った鍋を火にかけた。教わった通りに煮出してアクを取り、最後にザルで濾すと、淡く澄んだ出汁が取れた。うまくできたことに胸を撫で下ろしたとき、店の格子戸が開いて光牙が入ってくる。

「あ、いらっしゃいませ」

真琴は応対しようとしたが、真人が左手を軽く挙げて真琴を止めた。

「私が行く。味噌汁を作っていなさい」

真人はカウンターを回って、光牙に声をかける。

「いらっしゃいませ。いつも通りですね」

「ああ」

「今、味噌汁を作っているので、少しお待ちください」

「今日は娘が作るのか。食べられるんだろうな？」

ただでさえ無愛想な男性に失礼なことを言われ、真琴はカチンと来た。真人は苦笑交じりの声を出す。

「ご心配はごもっともですが、あれでうちの娘です。子どもの頃は私や祖父母の背中を見て育っていますし、一人暮らしもしていましたから。まずく作る方が難しいでしょう」

父が珍しく肩を持つようなことを言ってくれて、真琴は思わず胸を張った。

（そうだよ。小さい頃からずっとお父さんやお母さん、おじいちゃんやおばあちゃんが料理するのを見てきたんだもん。失敗するはずがない。自信を持とう）

真人と光牙が低い声でなにか話を始めた。真琴に料理を任せたのは、二人で話したいことがあったからなのかもしれない。

真琴はネギをまな板の上に置いて、根っこの方からざくざくと切った。続いて油揚げを細長く切り、出汁を取った鍋にネギとともに投入する。沸騰したところで、味噌こしに味噌を入れ、かき混ぜながら溶かした。

母が味見をしていた姿を思い出し、小皿に汁を少し取って飲んだ。

（うーん、思ったよりも濃いな）

薄めるために水を加えた。味見をすると、今度は薄くなりすぎている。仕方がないので、また味噌を足した。

（もうちょっとかな）

少しずつ味噌を足して、納得できる味になり、真琴は満足して頷いた。

「できた」

「どれ、味見をしてみよう」

真人がカウンターの向こうから真琴を見た。真琴は首を横に振る。

「私がちゃんと味を見たから大丈夫」

真琴は味噌汁をよそって、光牙の料理が並んだお盆に載せ、カウンター席の光牙の前に運んだ。

「お待たせしました。ごゆっくりどうぞ」

光牙は「いただきます」と手を合わせて箸を取り上げた。真琴は誇らしげにその様子を見守る。光牙が味噌汁の椀に口をつけたとき、父が大きな声を出した。

「あっ、光牙さん！」

待ってください、と父が言うのと同時に、光牙は味噌汁をゴクリと飲んだ。直後、顔を歪める。

「まずい」

光牙が舌を出し、真琴は怪訝に思って眉を寄せた。真人は右手で額を押さえる。

「申し訳ありません。やはり私が味見をしてからお出しすべきでした」

「どういうこと？」

父は厳しい表情で真琴を見た。

「自分で確かめてみろ」

「私、ちゃんと味見をしたよ」

真人は無言で厨房に戻り、椀に味噌汁を入れて箸と一緒に真琴に差し出した。真琴は不満顔で椀と箸を受け取る。味噌汁を口に含んで具を噛んだ瞬間、「辛《から》っ」と声が漏れた。

「ネギが生煮えだ……」

真人は自分の椀によそって、顔を近づける。

「ネギの大きさがバラバラだ。おまけに煮立てすぎて、せっかくの出汁の香りと旨味が飛んでいる」

それは真琴にもわかった。父や母が作る味噌汁のような繊細で微妙な味わいがないのだ。

「味見をしたときは……おいしいと思ったのに」

「何度も味見をしたら、味覚が鈍ってしまうんだ。それに、油揚げの油抜きも忘れているだろう」

真人に厳しい声で言われて、真琴は恥ずかしさのあまり顔から火が出そうだった。

「ごめんなさい。ちゃんとお父さんに味見をしてもらえばよかった」

「ここまで料理ができないとはな。まったく、東京ではいったいなにを食べていたんだ」

真人がため息をつき、真琴は小声で言い訳をする。

「だって、わざわざ作らなくても、いつでもおいしい料理が買えたんだもん。それに、残業したら、疲れて料理をする気なんて起きないし」

「しばらく朝食の味噌汁で練習しろ」

「……はい」

真琴は肩を落とした。恥ずかしくて悔しくて、この場から消えてしまいたい。

「これじゃお墨付きは与えられないな」

光牙が言ってニヤッと笑い、真人が苦笑する。

「本当ですね」

「ポスターに〝たぶん〟を入れておいて正解だった」

（あの〝たぶん〟は、私の料理の腕を考慮して付け加えられたのか……）

そのことを知って、真琴はますます肩身が狭く感じた。


その日の夜、三つある地域自治会の会長たちが、三神食堂に食事に来た。三人とも男性だ。


福木町では小学校の校区を基本単位として、第一、第二、第三という三つの自治会が形成されていて、それぞれの自治会に青年部、女性部、広報部、総務部などがある。真人は第一自治会で総務部長を務めている。これまでに二回、自治会長たちが三神食堂で会合という名の飲み会を開き、そのときに真琴は会長三人の顔と名前を覚えた。

「真人くん、瓶ビールとつまみを適当に頼む」

七十歳で一番年長の第一自治会の森《もり》会長が言った。真人の父、つまり真琴の祖父の代から三神食堂の客であった彼は、真人のことを〝くん〟付けで呼ぶ。

「はい、少々お待ちください」

真人は真琴や静絵に指示を出しつつ、瓶ビールとグラスをテーブルに運んだ。三人の自治会長はビールを注いだグラスを持ち上げ、「乾杯」と合わせた。真琴は枝豆の塩茹で、揚げ出し豆腐、小アジの唐揚げなどをテーブルに並べる。

「それにしても、なんとかならへんもんか」

森が誰へともなくつぶやいた。真琴は厨房に戻りかけた足を止める。

「困りますねぇ。今のところはぼやで済んでいますが、いつ大事に至らないとも限らない。犯人はまだ捕まっていませんし、住民からは不安の声が上がっています」

第二自治会の村西《むらにし》会長の言葉を聞いて、真琴は最近回覧板で注意喚起された連続不審火事件のことだと気づいた。いずれもすぐに消し止められ、怪我人は出ていないが、家の前に出していたゴミや庭にまとめていた古新聞に火がつけられる、という悪質な事件だ。この町を含め、近隣の市でも数日に一度のペースで起こっているが、曜日や場所に規則性はなく、防犯カメラの映像など、今のところ連続放火犯につながる有力な手がかりはないらしい。

「青年部の方から、夜警をしてはどうかという提案がありました」

一番若い――といっても、真人と同年代の――第三自治会の喜多野《きたの》会長が言った。村西が頷く。

「そうですね。去年は年末に一週間実施しましたが、こういう状況ですから、今からやるのはどうでしょうか。住民の不安軽減につながるかもしれません」

ビールを飲みながら、話し合いが進んでいく。

「それなら、来週の全体連絡会議で提案するのでええやろか」

「いや、もっと早い方がいいでしょう。今週の金曜日に臨時会議を開いて、具体的な日時とやり方を決めませんか？」

「その方がいいですね。そうしましょう」

そうしていったん話がまとまると、あとはただの気楽な飲み会となって、三人はお酒と料理を楽しんで帰っていった。


その後、金曜日の臨時全体連絡会議で夜の見回りを実施することが決定し、さっそくその第一回を翌日の土曜日に行うことになった。夜警は八時から九時の予定で、参加者は自治会役員の有志のほかに、地域住民からボランティアを募った。しかし、急な話だったため、ボランティアが集まらなかったらしい。夜の六時半頃、店にかかってきた電話を取って、静絵は真人と真琴を見た。

「森会長から電話で、人手が足りないから、夜警を手伝ってほしいって」

「だったら、私が行った方がいいよね。お父さんとお母さんはお店があるし」

真琴は引き受けるつもりでそう言ったが、真人は渋面を作った。

「しかし、真琴が行くのはなぁ」

ボランティアまで反対されるのか、と不満に思いながら、真琴は口を開く。

「『火の用心』って言いながら拍子木を叩くあれでしょ。そのくらいちゃんとできるよ」

「それはそうなんだが……」

いつになく父の歯切れが悪い。真人はカウンターの隅の席にチラリと視線を送った。そこに座っていた光牙が、箸を止めて真人を見る。

「えっ、まさかお父さん、お客様にボランティアをお願いするつもりなの？」

真琴は驚いて言った。

「いや、そうじゃない」

はっきりしない父の態度に真琴はいら立ちを覚え、通話口を押さえたままの母の手から受話器を取った。

「もしもし、お待たせしました。真人の娘の真琴です。私がボランティアに行きますね」

受話器の向こうから明るい声が返ってくる。

『おお、真琴ちゃんか。それは助かる。集会所に八時までに来てくれるかな？』

「わかりました」

『若い人が来てくれると心強い。真人くんによろしく伝えといてくれ』

森が電話を切り、真琴は受話器を置いて父を見た。真人は諦め顔でため息をつく。

「夜警を手伝うのはいいが、無茶はするな」

「わかってる」

真琴はそっけなく返事をして、食べ終えた客の食器を下げるために、テーブル席に向かった。

七時二十分を過ぎた頃、真琴はグレーのニットに黒のストレッチパンツ、スニーカーという動きやすい恰好で、アイボリーのボアブルゾンを羽織って食堂を出た。集合場所である集会所は、商店街を抜けて駅の高架をくぐった先にある。真琴が集会所に着いて腕時計を見ると、七時五十分だった。建物前の駐車場には、青い法被を着た自治会役員が十人ほどいて、その中の一人、同い年くらいの男性が真琴に近づいてきた。

「こんばんは。夜警に来てくれた方ですね？」

「あ、はい。三神です」

「えっ」

男性が真琴の顔をまじまじと見た。その男性は、真琴より五センチほど背が高く、短い黒髪をしている。しっかりした眉とくっきりした二重の目を見て、真琴は「あっ」と声を上げ、反射的に一歩下がった。忘れたくても忘れようのない顔。小学四年生のとき、神社でキジトラをいじめていた井川智孝だ！

彼を背負い投げしてからは、さんざんな小学校生活を送った。男子には恐れられたりからかわれたり、やんちゃで人気者だった智孝のファンの女子には陰口を叩かれたり無視されたりした。

そのときの苦い気持ちを思い出して、真琴はくるりと方向転換をする。

「すみません、やっぱり今日は帰ります」

駆け出そうとしたとき、左腕を摑まれた。

「三神、待ってくれ」

真琴はおそるおそる振り返った。智孝は真琴の腕を放して、左手に持っていた拍子木を差し出す。

「せっかく来てくれたんやし、夜警に参加してや」

真琴は智孝の顔と拍子木を交互に見た。投げ飛ばして以来、智孝を避けてきたから、こうやって正面から彼を見るのは実に十六年ぶりだ。

「三神、ほんまにこっちに戻ってきてたんやな。噂では聞いてたんやけど」

「あ、うん」

「今さらやけど……小四のとき、おまえんちの猫をいじめて悪かった」

智孝に頭を下げられ、真琴は戸惑いながら答える。

「あ、えっと、あの猫は別にうちの飼い猫じゃなかったんだけど」

智孝は顔を上げて首を傾げた。

「じゃあ、おまえの伯父さんの飼い猫やったんか？」

「ううん、よく知らない。神社に棲み着いてた野良猫じゃないかな」

「え、俺、三神がものすごく怒ったから、てっきりおまえの飼い猫やと思てたんやけど」

「違うよ。あの、私の方こそ、あのとき井川くんを投げてごめん。道場以外で技をかけたらいけないって叔父さんにも言われてたのに」

「いや、あれは俺も悪かったから。ところで、三神はまだ叔父さんに柔道教わってるん？」

真琴は気まずさが抜けきらず、指先をもじもじと絡めた。

「ううん。今はもう習ってない」

「そうか、だったら今は俺の方が強いかもな」

智孝は茶目っ気のある表情で笑った。屈託のない笑みを向けられ、真琴はつられて微笑んだ。智孝はふぅっと息を吐き出す。

「俺ら、これで友達に戻れたかな？」

「井川くんがいいなら」

「もちろんやで。それじゃ、改めて、今日はよろしく」

智孝が再度、拍子木を差し出し、真琴は両手で受け取った。気まずい関係が解消され、真琴の肩から力が抜ける。

やがて八時になって、役員が人数を数えたところ、参加者は真琴を含めて十四人だとわかった。

「それじゃあ、七人ずつ二班に分かれて、町内の商店街や主な住宅街を回ることにしましょう」

青年部の部長の提案で班が二つ作られ、真琴は智孝と同じ班になった。七人で声を揃えて「火の用心」と呼びかけながら、拍子木を叩いて歩く。十月下旬も夜八時過ぎとなればさすがに寒く、人通りはほとんどない。

住宅街の角を曲がろうとしたとき、真琴は塀の上に一匹の猫がいるのに気づいた。

「あんなところにキジトラが」

隣を歩いていた智孝が真琴の視線の先に顔を向けた。

「ほんまや。俺がいじめてたのと同じ猫かな？」

「それはないんじゃない？　もし同じ猫だとしたら、相当なおじいちゃんかおばあちゃんだよ」

「そうやな」

真琴たちが歩くのに合わせて、猫はしなやかな動きで塀の上を進む。

「私たちと一緒に見回りをしてくれているみたい」

真琴の小声を聞いて、智孝は小さく笑った。

「俺は十六年前の復讐の機会をうかがってるんちゃうかって、内心ビクビクしてる」

「ありえるね。恨みのあまり化け猫になってたりして」

「やめてくれ～」

智孝がおどけたとき、前を歩いていた青年部の部長が振り返る。

「お二人さん、真面目にやってくれよ」

「すみません」

真琴と智孝は同時に言って、顔を見合わせた。放火犯を牽制するという本来の目的を思い出し、気を引き締める。

それから一時間ほど町内を回ったが、顔見知りの男性が犬の散歩をしていただけで、特に不審な点は見られなかった。寒くなって放火犯も事件を起こす気がなくなったのだろうか。

真琴が智孝にそう言うと、彼は「どうやろなぁ」と首を傾げた。

「犯人はどこに出没するかわからへんからな。でも、こうやって住民が目を光らせてるぞってアピールできたら、この辺りは犯人のターゲットから外れるかもしれへん」

拍子木を打ちながら集会所に戻ると、女性部の有志が待っていて、熱いお茶を淹れてくれた。

「お疲れ様でした。どうぞ座って飲んでください」

真琴は差し出された紙コップを受け取り、勧められたベンチに座った。智孝が隣に腰を下ろして、真琴に話しかける。

「自治会ではしばらく夜警を続けるつもりやねん。俺も青年部員としてできるかぎり参加しようと思てる。三神もまた協力してくれへんかな？」

「うん。ここにいる間はできるだけ手伝うようにする」

智孝はお茶を飲もうとして持ち上げた手を止めた。

「またどこか都会に出て働くつもりなんか？」

真琴は温かいお茶をゆっくりすすって、空を見上げた。子どもの頃見たのと同じ、暗い空にたくさんの星が瞬いている。都会の夜空とはぜんぜん違う。

「一応そのつもり」

真琴は視線を膝に落として答えた。

「そうか。でも、三神は見るからにしっかりしたキャリアウーマンって感じやもんな。かっこいいスーツやハイヒールが似合いそうや」

「別にそういうのに憧れて東京で就職したわけじゃないよ」

智孝を背負い投げしたことが知れ渡り、しばらくの間、会う人会う人から『男の子を投げ飛ばすなんて、お転婆が過ぎるんとちゃう?』とか、『女の子らしくせな、お嫁に行かれへんようになるで』とか言われた。反省しているのに、いつまでも同じことを言われて干渉されて……ついには嫌になった。お節介や干渉から逃れたいのと、漠然とした憧れから、都会で自立して働くかっこいい女性を目指したのだ。

「確かにここは人間関係が密すぎて、あれこれ言われて鬱陶しく感じることもあるよな。俺、今、町役場で働いてるんやけど、上司だけやなく、顔しか知らんような来庁者にまで、『まだ独身なんか～』とか、『いつになったら嫁さんもらうんや～』とかしょっちゅう言われる。まだ二十五歳やのにな」

智孝は「ははっ」と笑って続ける。

「でも、そういうちょっとお節介な人たちがおるから、一人暮らしのお年寄りの安否確認ができる。一人暮らしの高齢者が、小学校に出向いて地域学習の時間に昔の遊びを教えることが、生き甲斐になったりする。そういう地域のつながりは、ここの自慢やと思う」

智孝の言葉を聞いて、真琴は強引に思えた上村と下北のおかげで、美帆の危機に気づけたことを思い出した。上村と下北が行かなければ、美帆とお腹の赤ちゃんはいったいどうなっていたか……。

真琴はぶるりと身震いをした。

「そう……かもしれないね」

「まあ、とにかく、今日は参加してくれてありがとう」

智孝は真琴の手から空になった紙コップを抜き取った。

「気をつけて帰れよ」

「うん、ありがとう」

「ま、三神のことやから、いざとなったら得意の柔道で投げ飛ばすんやろうな」

智孝にニヤリとされて、真琴は顔をしかめた。

「もう忘れてよ」

「ははは。気をつけてな」

真琴は智孝に手を振り、ほかの自治会役員やボランティアに挨拶をして帰路についた。

それから三日続けて、真琴たちは――不思議と毎回キジトラもそばにいたのだが――夜警を行った。昨日の日曜日はボランティアが三十人近く集まったが、平日の今日、参加者は八人とぐっと少なくなった。

「明日も参加者は少ないかもしれへんなぁ。三神は明日来られそう？」

智孝に訊かれて、真琴は少し考えてから返事をする。

「食堂もそんなに忙しい時間じゃないから、大丈夫だと思う」

「よかった！　助かるよ。それじゃ、また明日」

「お疲れ様」

智孝に手を振って、真琴は集会所を出た。マフラーに顎をうずめながら、住宅街を歩く。

このまま事件が起こらなければいいのに、と思う一方、犯人が野放しのままであることに不安を覚える。

夜空を見上げると、曇っているのか、月も星も見えなかった。街灯の少ない道が心細くなり、歩を速める。遠回りになるが大きな道を行こうと角を曲がったとき、表札灯のかすかな明かりで、数軒先の家の前に半透明のゴミ袋が置かれているのが見えた。明日の朝に収集される普通ゴミを、もう出しているようだ。

(用心のため、ゴミは収集日の朝に出すようにって回覧板が回ってるのに)

家の人間に注意しよう、と真琴は小走りになった。半分ほどの距離に近づいたとき、ゴミ袋のそばに人影があるのに気づいた。紺地に白の矢絣《やがすり》模様の着物を着て、長い灰色の髪を首の後ろでまとめた小柄な老女だ。背中を丸めているので、小さな体がさらに小さく見える。

(こんな時間に着物で外にいるなんて、珍しい)

そう思ったとき、老女の足元でオレンジ色の明かりが揺らめいた。

「えっ」

それを炎だと認識し、真琴は全速力で走り出す。

（火をつけたんだ！　あんなおばあさんが放火犯だったなんて！）

だが、今は驚くよりも犯人を取り押さえることが先だ。これまでは大事に至らなかったとはいえ、危険な行為をして住民を不安に陥れたのは、許されることではない。

真琴の靴音に気づいたのか、老女が顔を上げた。しわだらけの白い顔が闇にぼんやりと浮かび上がる。垂れたまぶたの下の目が大きく見開かれたかと思うと、老女はパッと身を翻した。

「逃がさないわよ、放火犯っ」

真琴は右腕を伸ばして、逃げる老女の二の腕を掴んだ。直後、目の前を黒い影がさっと横切り、右手の甲に鋭い痛みが走る。

「痛っ」

真琴は思わず手を離した。目の前に、ひらりとキジトラが降り立つ。どうやら猫に引っかかれたらしい。キジトラは口を開けて牙を剥き、真琴を威嚇する。

「威嚇する相手が違うでしょ！」

真琴は右手の甲を押さえ、猫をよけて走り出した。だが、老女はすでに三十メートルほど先を走っていて、老女とは思えぬ俊敏さで角を曲がった。真琴は追おうか迷ったが、先に消火しようとゴミ袋の前に戻る。

「えっ？」

だが、さっきチラチラと燃えていたはずの炎は消えていた。ゴミ袋の一部が溶けて、中のゴミが黒く焦げていたが、燃え広がらなかったようだ。

「よかった……」

真琴は胸を撫で下ろし、通報しようとポケットからスマホを取り出した。左手に持ち替えようとした瞬間、キジトラが鋭い鳴き声を上げて真琴に飛びかかる。

「きゃっ」

反射的に両手で顔をかばった拍子に、手からスマホが滑り落ちた。地面に落ちたそれを、キジトラが咥えて走り出す。

「えっ、ちょっと、返しなさい！」

真琴は猫を追って駆け出した。猫はスマホを咥えたまま、ひらりと塀に飛び乗り、真琴の先を走っていく。

「なんなのよぅっ」

真琴は見失うまいと目を凝らした。機種を気に入っているだけではない。スマホをなくせば、数少ない友人の電話番号やメールアドレスもわからなくなる。

「もう！」

真琴は全力で脚を動かした。キジトラは塀から飛び降り、駅の高架を抜けて住宅街の道を走る。必死で追いかけているうちに細い路地に入り、気づけば福猫えびす神社が目の前にあった。猫は鳥居をくぐって石段を軽やかに上っていく。

「ひどいことをすると思ったら……この前のかわいくない猫だったのね！」

真琴は腹立ちに任せて足音荒く石段を駆け上がった。ひとけのない境内は真っ暗で、耳を澄ますと風が木を揺するかすかな音が聞こえる。

真琴は砂利を踏みながらゆっくりと歩いた。

「おーい、キジトラちゃーん。怒らないから出ておいで～。スマホを返して～」

文字通り猫撫で声で呼びかけたが、返事はない。真琴が木立の間に目を凝らしたとき、背後から名前を呼ばれた。

「真琴」

突然のことにビクッと肩が震えた。振り返ると、木の下にハーフジップのスウェットとスラックスを着た光牙が立っている。

「な、なんだ、びっくりした」

真琴は驚きでドキドキしている胸を軽く撫でた。〝富久根さん〟と言いかけて、名前で呼ぶように言われていたことを思い出す。

「光牙さん、スマホを咥えたキジトラを見なかった？　茶色の毛に黒い縞模様が入った猫なんだけど」

光牙は無言で右手を差し出した。その手のひらに見覚えのある白いスマホが載っていて、真琴は目を丸くする。

「えっ、それ私のだ。どこにあったの？」

真琴は両手を伸ばしてスマホを受け取った。礼を言おうと光牙の顔を見たが、彼は真琴の右手の甲に視線を注いでいる。どうやら傷跡を見ているようだ。

「ああ、これ、キジトラに引っかかれたの」

真琴は左手でスマホを持ち、右手の甲を持ち上げた。みみず腫れが三本できていて、冷たい夜気が少し染みる。

「すまない。傷つけるつもりはなかった」

「どうして光牙さんが謝るの？　あ、もしかしてあの猫、あなたの飼い猫？」

真琴の問いに答えず、光牙は右手で彼女の手を取った。思ったよりも大きく温かな手に包まれて、真琴は落ち着かない気分になる。

「あの？」

声を発した直後、光牙が真琴の手の甲をぺろりと舐めた。

「なにするの⁉」

真琴は驚いて手を引っ込めたが、手の甲を見た瞬間、引っかき傷が消えていて目を見開く。

「えっ、いったいどういうこと⁉」

「見ての通り、傷を治した」

光牙は淡々と言った。

「はぁっ⁉　舐めて傷が治るわけないでしょっ」

「だが、現に治っている」

「そんなのおかしい！　あ、そうか。もともと傷なんてなかったんだ！」

真琴は自分に言い聞かせるように「絶対にそうだ」とつぶやいた。

「そう思いたいなら、勝手にそう思えばいい」

光牙に突き放すように言われて、真琴は口をつぐんだ。猫に引っかかれた傷跡は……確かにあった。痛みもあった。けれど、今、右手の甲に傷跡はない。まるで彼に治してもらったかのように。

（でも、そんなことありえる？）

真琴は口調を和らげ、光牙に尋ねる。

「あなたは……いったい何者なんですか？」

「話しても信じない人間には話さない」

光牙はふっと横を向いた。

「話してくれないと、信じようがないです」

真琴の言葉を聞いて、光牙は顔を上げ、数秒空を見つめてから、真琴に視線を向けた。

「それなら、さっきの老女が放火犯じゃないと言ったら信じるのか？」

まっすぐに見つめられて、真琴は口の中でもごもごと答える。

「それは……だって、火をつけてるところを見たもの」

「本当に老女が火をつけているのを見たのか？」

ゆっくりと強調するように言われて、真琴は自分が近づいたときにはすでにゴミ袋が燃えていたことを思い出した。老女がマッチを擦るところやライターを使うところを見たわけではない。しかし、状況を見る限り、あの老女が火をつけたようにしか思えない。

「……わからない」

真琴は小声で答えた。

「あの老女は吹き消し婆《ばば》なんだ」

光牙が真顔で言い、真琴は瞬きをする。

「吹き消し婆？　なにそれ」

「おまえは端から信じようとしないんだ」

「だって、そんな人知らないんだもの」

「知らないんじゃなくて、わかろうとしない石頭だからだろ」

また〝石頭〟と言われて、真琴はカチンと来る。

「だから、わからないんだってば！」

「吹き消し婆は吹き消し婆だ！」

光牙の口調にいら立ちが交じり、真琴は頬を膨らませた。そのとき、境内の砂利を踏む音が聞こえた。音のした方を見ると、さっき猛スピードで逃げて姿をくらました老女が、本殿のそばに立っている。

「あ、あなた！」

真琴は足を踏み出したが、光牙がさっと前に立ちふさがった。

「どうして邪魔をするの!?」

真琴は光牙を睨んだが、同じように光牙も強い眼差しで真琴を見る。

「おまえこそ、吹き消し婆をどうする気だ？」

「どうって……」

「まずは話を聞いてやれ」

真琴は光牙の鋭い目から老女の顔に視線を移した。老女の黒く小さな瞳は暗く……悲しみをたたえているようにも見えた。

真琴は怒りを吐き出すように深呼吸して、老女に話しかける。

「あなたは……いったい誰なんですか？」

老女は真琴に一歩近づき、色素の薄い唇を動かす。

「その方が言うように、私は吹き消し婆です。もう何十年……いえ、ひょっとしたら百年以上前のことになるんでしょうかねぇ……」

老女は遠くを見るような眼差しになった。真琴は言葉を挟みたいのをぐっとこらえる。

「あの頃、西洋から輸入されていた紙巻きタバコが、日本でも作られるようになりましてねぇ。一般に広まって、そういうハイカラなものが好きな主人は、よく吸っておりました……。それが……主人の寝タバコが原因で火事になり、私は夫と三人の子どもを一度に失ったんです」

あまりに悲しい話に、真琴は息を呑んだ。老女は声を詰まらせ、着物の袖で目元を押さえる。

「私だけ生き残るなんて、あんまりです。いっぺんに家族を失って、もう苦しくて苦しくて。食事も喉を通らず、ただひたすら死んだ主人を責め、主人の火の始末に気をつけていなかった自分を責め……そうして、気がついたら吹き消し婆と呼ばれるようになっていました」

西洋からの輸入品だった紙巻きタバコが、日本でも製造されるようになったのは明治時代のはずだ。ということは、老女は明治時代から生きているということになる。明治生まれの人は今もまだいるはずだが……。

真琴は老女をじっと見た。老女は涙交じりの声で話を続ける。

「私がふーっと吹いたら、不思議と火が消えるんです。だから、不審火を見つけたら吹き消して回っています……。でも、大きな炎になったら、もう無理なんです。私の家族を奪ったような大きな炎には太刀打ちできません。こんな力……恵みなのか呪いなのか……私にはわかりません」

老女は苦しげにつぶやいた。苦悩に歪んだその悲愴な表情は、本物に見える。けれど、明治生まれという高齢の人間が、あんな猛スピードで走れるとは思えない。いや……そもそも人間なのだろうか？

「吹き消し婆って……まさか……ううん、そんなわけ……」

真琴がつぶやいたとき、光牙がハッとしたように辺りを見回した。老女も顔を上げ、鼻をひくひくさせる。

「どうしたの？」

真琴も同じように匂いをかいでみたが、なにも感じられなかった。その間に光牙がパッと走り出す。

「私も行きますよ」

老女が老女とは思えぬ身のこなしで駆け出し、真琴はわけがわからないまま二人の後を追った。

「ねえ、いったいなんなの？」

真琴は全速力で走りながら二人の背中に声をかけた。だが、光牙と老女は風を切るように走り、二人との距離はみるみる開いていく。

（あのおばあさん……やっぱり普通のおばあさんじゃない）

二人はどうやら真琴がキジトラを追いかけてきた道を逆に辿っているようだ。駅の高架をくぐった直後、前方にぼんやりとオレンジ色の炎が見えた。さっきゴミ袋が燃えていた家だ！

「大変！」

真琴は息を切らしながら、どうにか二人に追いついた。火のついたゴミ袋が投げ込まれたらしく、家の前庭でゴミとウッドアーチ、それにベンチが燃えていた。

光牙は家の門扉を開けながら、真琴に怒鳴る。

「消防車を呼べ！」

「わ、わかった」

真琴は握りしめていたスマホを急いで操作した。

『一一九番消防署です。火事ですか、救急ですか？』

落ち着いた男性オペレーターの声が聞こえてきて、真琴は荒い呼吸のまま、必死で口を動かす。

「か、火事ですっ。家の庭でゴミとウッドアーチとベンチが燃えていますっ」

真琴がオペレーターの問いに答えている間に、老女は庭に入って火元に近づいた。真琴はオペレーターに住所を聞かれ、辺りを見回して電信柱を見つけた。そこに走って、表示されている番地を伝える。一方、老女は火元に一生懸命息を吹きかけ始めた。光牙は家のドアを叩きながら、「火事だ！　早く逃げろっ」と叫ぶ。

『消防車が向かっています、安全な場所でお待ちください』

オペレーターに言われて、真琴は通話を終了した。老女に駆け寄ると、老女は庭に膝をついて泣き崩れた。

「私にはもう消せない」

炎は一階の壁を舐めるように広がり始めている。真琴は老女を抱えるようにして立たせた。

「三神!?」

突然名前を呼ばれ、驚いて振り返ると、門の外に智孝の姿があった。彼は両手に水の入ったバケツを持っている。

「すぐに青年部や商店街のみんなが来る。三神は家から離れろっ」

「わかった」

真琴は老女を促して門の外に出た。商店街の方から何人も人が走ってきて、すぐにバケツリレーが始まる。

「助けてーっ」

二階の窓から男性と女性、それに小さな女の子が顔を出して、激しく両手を振った。

「こっちだ、早くっ」

布団を抱えた人たちが駆け寄って、窓の下に何枚も広げて重ねた。そして、二階に向かって怒鳴る。

「ここに飛び降りろっ」

「娘を先にお願いします！」

二階から母親が泣きそうな声で叫んだ。

「大丈夫、全員助かる！　助けるからっ」

布団を支えながら、若い男性が叫んだ。だが、娘は窓のそばで「怖いよぅ」と泣きながら母親にしがみつく。

「お母さんが先に飛び降りて！　下でお子さんを呼んであげて！」

誰かが大声で指示を出した。母親は先に窓を跨《また》ごうとしたが、子どもがしがみついて離れない。母親は一瞬の躊躇のあと、娘を抱えて窓から身を躍らせた。

「きゃあーっ」

「ママーッ」

母親と娘の悲鳴が響いた直後、ドスンと音がして二人は布団の上に落ちた。周囲の男性たちが二人を布団から下ろした直後、父親が飛び降り、妻と娘を抱きしめる。

「家の中にはもう誰もいませんか⁉」

智孝に問われて、父親は真っ青な顔で頷いた。そのとき、消防車のサイレン音が近づいてくる。

「みんな離れて！　消防車を通して！」

誰かの声が聞こえ、真琴は家の前から離れた。

「危ないから下がって！」

「消防車を通してください！」

青年部の男性が怒鳴りながら、いつの間に集まったのか、野次馬を遠ざけている。消防車から降りた消防隊員が付近を立ち入り禁止にする一方、家の前にサイレンを鳴らしながら次々に消防車が到着し、消火活動が始まった。

真琴は野次馬の後方で両手を祈るように組み、銀色の消防服に身を包んだ消防士たちの活動を見守る。

(早く鎮火しますように。延焼しませんように)

「中の人は全員逃げたんかな?」

「早く消えてくれ」

周囲では集まった近所の住民たちが不安そうな声を出していた。ほとんどがパジャマや部屋着の上からコートを羽織っていて、裸足で靴を履いている人もいる。そんな野次馬の中に、真琴はスマホを掲げている男が一人いるのに気づいた。

人の不幸を撮影するなんて。

真琴は怒りを感じたが、それと同時に違和感を覚えた。男はミリタリー調のジャケットとパンツ、レースアップのブーツを履き、ジャケットの襟から出したパーカーのフードを目深に被って、黒いマスクをしている。

真琴は無言で男に近づいた。男はスマホの画面を見つめていたが、真琴の刺すような視線に気づいたのか、ふと顔を上げて振り向いた。真琴と目が合った瞬間、男は周囲の人を突き飛ばして走り出す。

「待ちなさいっ!」

真琴は男を追った。すぐに光牙が真琴を追い抜いていく。ミリタリージャケットの男は住宅街の細い路地に逃げ込んだ。そこは古くからの住宅が並ぶ地域で、道が曲がりくねっている。

　見失ったらどうしよう。

　真琴が不安に駆られたとき、前を走る光牙がひらりと塀に飛び乗った。彼はさらにその家の屋根へと飛び移る。

「ちょっと、危ないじゃない！　なにやってるの⁉」

　真琴は驚いて足を止めた。光牙は屋根の上で周囲を見回していたが、男の姿を見つけたらしく、真琴からは見えない方向にジャンプした。

「嘘っ、屋根から飛び降りたの⁉」

　真琴は慌てて走り出した。角を曲がったとき、ミリタリージャケットの男がこっちに向かって走ってくるのが見えた。彼の背後に光牙が迫っている。

「どけっ」

　男は真琴を突き飛ばそうと両手を突き出した。真琴はそれをかわして男の胸ぐらを摑み、流れるような動きで背負い投げをして、そのまま押さえ込む。

「へえ、やるな」

　光牙が真琴の横で足を止め、ニヤリと笑った。真琴は同じような笑みを浮かべて光牙を見上げる。

「でしょ？」

「ただの頭の固い血気者かと思っていた」

「失礼ね」

真琴が光牙を睨んだとき、真琴の下で男がわめき声を上げた。

「放せっ。俺はなにもしてないぞっ！」

「してたでしょ」

真琴は冷ややかな声を出した。男が右手で真琴に反撃しようとし、その手首を光牙が右足で踏む。

「いてぇっ。なにすんだよ。俺はスマホで撮影してただけだっ。それなのに暴力を振るいやがって」

光牙は上体を曲げて男に顔を近づけた。

「おまえは人の心に暴力を振るった。人の不幸を撮影していたんだ。撮られた相手がどんな気持ちになるか、考えたことなどないんだろう」

男は唇を噛んだが、すぐに憎々しげな声を出す。

「確かに撮影はした。でも、この女にはなにもしてないっ」

「そうかな。俺はおまえが彼女に襲いかかるところを見たぞ」

「襲いかかってなんかない！　おまえの目、おかしいんじゃねーかっ⁉」

光牙はくっくと笑い声を立てた。

「夜目は利く方だがな」

「お、俺はこの女が急に追いかけてくるから、怖くなって逃げただけだっ」

「逃げたのは怖くなったからじゃない。やましい気持ちがあったからだ」

光牙が凄みの利いた声を出し、彼の目がヘーゼル色を帯びた。男は怯えたように体を震わせる。

「だ、だから、俺はなにもしてないって！　たまたま通りかかったら、家の庭でゴミ袋が燃えてたんだ！　それがベンチとか、いろんなものに燃え移って、ついには家まで燃え始めたんだ。それで、これは一大事だと思って撮影した。そう、それだけなんだよっ」

そのとき、バタバタと足音がして、智孝と一緒に制服を着た警察官が駆け寄ってきた。駅前の交番に勤務する四十歳くらいの巡査部長で、商店街にもときどき見回りに来てくれる榎本《えのもと》だ。

「三神さんちの娘さんかいな。大丈夫か？」

「はい」

榎本は真琴の横に膝をついて、男の顔を覗き込む。

「見慣れへん顔やなぁ。キミ、この辺の住人とちゃうねぇ。ちょっと一緒に来て、話を聞かせてくれへんかな」

「だから、俺はなにもしてないし！」

榎本が男の襟首を摑み、真琴は男から腕を放した。男は榎本に引き起こされ、一睨みされて、おどおどした表情になる。榎本は険しい表情で口を開く。

「そうかなぁ。たまたま通りかかったにしては、やけに詳しく知ってるようやないか。まだ現場検証が済んでへんから、火元は誰にもわかってへんはずやのに、おかしいなぁ」

男はハッとしたように口をつぐみ、視線を落とした。

「ほな、一緒に来てもらおか」

榎本が男を引っ張りながら交番に向かい始め、真琴の隣で光牙がぼそりとつぶやく。

「語るに落ちる、だな」

まさにその通りだ。

智孝が真琴に近づいて感心したような声を出す。

「それにしても、相変わらず強いんやなぁ、三神は」

真琴は顔をしかめた。

「やめてよ。またみんなに『お嫁に行けなくなる』とか言われるんだから」

「じゃあ、どうしてももらい手がなかったら、俺がもろたろか？」

「えっ？」

真琴は智孝の顔をまじまじと見た。智孝は右手の人差し指で頰を搔き、明後日の方向を見る。

「いやー、こうして再会したのも、なにかの縁かもしれへんし？」

「えっと……」

(これって食堂に食べに来るおじさんたちの冗談と同じ類いのものなのかな……？)

真面目に受け取っていいのか、それともなにか気の利いた冗談で返すべきなのか。

真琴が迷っていると、二人の間に光牙がぬっと顔を出した。

「やめておけ。真琴の味噌汁はまずい」

「ちょっと、そんなことばらさないでよ！　まだ修業中なんだからっ」

真琴は頬を赤くして抗議したが、光牙は素知らぬ顔だ。

「真実を話したまでだ」

「文句を言うなら食べに来ないでよねっ」

「それは無理だ。三代目の出汁巻き卵と妻の佃煮は絶品だからな。おまえの味噌汁のまずさを引いても余りあるうまさだ」

「く、悔しい〜」

真琴は顔をくしゃっとしかめた。そんな真琴を見て、智孝が笑みを含んだ声で言う。

「三神でもそんな顔をするねんな」

「あっ、イメージ崩れたよね……？」

真琴は口元に手を当てて、うかがうように智孝を見た。

「いや。ちょっと意外で……なんかええなって」

智孝が頬を染めて真琴を見たとき、光牙が言葉を挟む。

「おい、真琴になにか用があったんだろ？　なんの用だ」

光牙の威圧的な雰囲気に圧されたように、智孝は半歩下がって真琴を見る。

「そうやった。消防署の人が三神に話を聞きたいって言うてたんや。三神は第一通報者なんやろ？」

「あ、うん。今から行く」

　真琴は火災現場に戻ろうとして、光牙が追い詰めてくれたおかげで、怪しい男を取り押さえられたことを思い出した。料理の腕の悪さをばらされたとはいえ、感謝の言葉は伝えるべきだろう。

　真琴が振り返ると光牙と目が合い、彼はどうした、というように小首を傾げた。

「あの、ありがとうございました」

　真琴の礼の言葉を聞いて、光牙はニッと笑った。形のいい唇の間から、尖った犬歯が覗く。

「礼には及ばない。おまえは三神の血筋の者だからな」

　真琴は訝しんで眉を寄せた。

「あなたと三神家にはなにか縁があるの？」

「ああ、深い縁がある」

「もしかして親戚とか？」

「血縁関係はない」

　真琴は眉間のしわを深くした。

「じゃあ、いったいどういうつながり？」

「信じられるようになったら教えてやる」

なにを、と訊こうとしたとき、智孝に「三神」と呼ばれた。真琴は光牙と三神家の関係が気になりつつも、まずは第一通報者として事情聴取を受けることにした。


その週の金曜日。智孝が仕事帰りに三神食堂に来た。店内にはまだカウンターの隅で食べている光牙しかおらず、智孝は真ん中の席に座って、真琴に声をかける。

「お手柄やったな、三神。警察署と消防署から感謝状をもらえるんちゃうか？」

真琴は智孝の前に湯飲みを置いて、顔をしかめた。

「そういう目立つのはいらない」

「あれだけ活躍しといてよう言うよ」

真琴はため息をついた。あの男が逃げたからとっさに追いかけたら、その男がたまたま放火犯だった、というだけの話だ。

智孝が魚定食を注文し、真琴は父が盛りつけた料理をお盆に載せて智孝の前に運んだ。今日の魚定食のメインはサンマの塩焼きで、ほかにナメコと豆腐の味噌汁、カボチャと鶏挽肉のそぼろ煮、ほうれん草のおひたしが付く。

「しかし、犯人は呆れ果てた男やったなぁ」

智孝は味噌汁を一口飲んで、真琴に話しかけた。

「自称・人気ユーチューバーだったっけ？」

真琴は智孝の隣の椅子に腰を下ろした。

「ああ。もともとユーチューバーに憧れて、いろんな動画をアップしてたけど、いまいち振るわんかったらしいな。で、たまたま通りかかった火災現場を撮ってアップしたら、再生回数がうなぎ登りになったって。それで、火災や事故の現場を探し回ったけど、なかなか見つからへんから、自分で火をつけて撮影するようになったんやってな」

それについては真琴も新聞の小さな記事で読んで知っていた。

「最低だよね」

「ほんまに」

智孝が怒り交じりにつぶやいたとき、奥のカウンター席から光牙が立ち上がった。今日の彼はライトグレーのVネックシャツにベージュのカーディガン、焦げ茶色のパンツという地味なファッションだ。

（相変わらずおじさんっぽい。いったいどこで買ってるんだろう）

真琴は商店街のメンズファッションの店が同じような服を売っているのを思い出した。〝メンズファッション〟を謳いつつ、売っているのは真人くらいの年齢層の男性を対象にした衣類ばかりだ。真琴は学生のとき、父の日のプレゼントのシャツをその店で買ったことを思い出した。

光牙は「ごちそうさま」と言って出入口に向かった。三神食堂では〝つけ払い〟はお断りしているはずだが、光牙は別扱いのようだ。彼はいつもの通り、「ありがとうございました」という真人と静絵の声に頷き、格子戸を開けた。

真琴は椅子から立って後を追った。閉まりかけたドアを押さえて外に出ると、すぐ前に光牙が立っていた。彼は顎を少し持ち上げ、商店街の外、富実川の方を見つめている。

「光牙さん」

真琴が声をかけると、光牙は「しっ」と言って、人差し指を立てて唇に当てた。

「どうしたの？」

光牙は無言で商店街の外に向かった。真琴は急いで彼に続く。

月曜日、事情聴取を終えたあと、真琴は帰宅して父に光牙のことを尋ねた。だが、父は『三神家がとてもお世話になっている人だ』としか教えてくれなかった。どこに住んでいるのか、探偵というが本当に仕事をしているのかと尋ねても、『信じられるようになったら教えてやる』と光牙と同じことを言うだけだった。

今日こそ光牙の口から直接聞こうと、真琴は彼を追いかけた。光牙は商店街を出て、川沿いの遊歩道に上がった。日が暮れた今、散歩やジョギングをしている人の姿はない。だが、かすかに笑い声が聞こえてきた。視線を河川敷に転じると、二十歳前後くらいの男性が五人ほど、枯れ草や枯れ枝でたき火をしているのが見えた。両手を火に当てたり、手持ち花火に火を移したりしている。風が吹いて、火の粉がパッと散った。

河川敷を覆う葦は、今の時期、枯れて乾燥している。燃え移ったら危険だ。

注意しようと川の斜面を下り始めたとき、真琴の横を人影が風を切って下りていった。矢絣模様の着物を着たあの老女だ。

老女はたき火の前に立つと腰をかがめ、フーッと息を吹きつけた。驚くことに火は見る見る小さくなって、ふっと消えた。

「えっ」

真琴は驚いて足を止めた。

「ばあさん、なにすんだよ」

花火を振り回していた男性が老女に文句を言った。老女は背筋を伸ばし、彼女よりも三、四十センチほど背の高い若者を見上げる。

「火から目を離しちゃいけないよ。火は怖いんだから」

「はぁ？」

生意気そうに下顎を突き出す若者に、老女は説教を続ける。

「花火は楽しいけれどね、遊ぶときはちゃんと水を汲んだバケツを用意しておかないと。それに、枯れ草とか、こんな燃えやすいもののそばでしちゃ危ない」

そのとき、若者の手持ち花火の火が消え、辺りは闇に染まった。

「あれ、ばあさん、どこ行った？」

若者たちの声が聞こえ、闇に慣れた真琴の目に、周囲を見回す彼らの姿が映った。しかし、老女の姿はどこにもない。

あのたき火は、ロウソクの炎とはわけが違う。人間が吹いて消せるような大きさの炎ではなかった。

「いったいどうやって消したの……？　まさか、あのおばあさんは……？」

真琴は驚きと戸惑いの入り交じった声でつぶやいた。背後から光牙の低い声が答える。

「吹き消し婆だと言っただろう」

真琴はゴクリと唾を飲み込み、振り返って遊歩道を見た。だが、そこに光牙の姿はない。

冷たい風が頬を撫で、真琴は小さく背筋を震わせた。

(ずっと昔に生まれて……人間離れしたことができるおばあさん……)

もしかすると、この世には真琴の知らない、人ならざる存在が……本当にいる……のかもしれない。

第四章「あなたの髪、とてもきれいねぇ」

二日後の日曜日の昼前、真琴は静絵に教わりながら、煮干しの佃煮作りに挑戦した。真琴でも作りやすいレシピで、出汁を取ったあとの煮干しを鍋に入れて、出汁、砂糖、醤油、酒、みりんを加えて炒り煮をする。

シンクの横では、真人と静絵が並んで小芋の皮を剝いていた。二週間ほどすれば、大きな売上が期待できるクリスマスセールが始まり、そのあとには歳末セールが控えているというのに、二人とも浮かない表情だ。

「ポスターが話題になったのもほんの数日だったなぁ……」

真人はため息交じりにつぶやいた。同じように静絵も沈んだ声を出す。

「そうねぇ。光牙さんの調査でも、商店街が急に寂れ出した原因は、まだわからないみたいだし……」

静絵のつぶやきを聞いて、真琴は菜箸を動かす手を止めた。

「光牙さんにそんな調査をお願いしてたの？　そういうのって普通、経営コンサルタントとかに相談するものじゃない？」

真琴の言葉を聞いて、真人は表情を硬くする。

「そういう次元の問題じゃないんだ」

「そういう次元って？　だって、お店の赤字経営を改善することが問題なんでしょう？」

だったら、やっぱり経営コンサルタントに……と言いかけたとき、テーブルを拭いていた鞠絵が「あっ」と声を上げて、テレビの音量を上げた。

「見て見て！　藤巻さんが出てる！」

「えっ？」

真琴は店の壁に掛けられたテレビに顔を向けた。お昼のお笑い番組がかかっていて、藤巻が紹介されて舞台の中央に進み出たところだった。

商店街でライブをしたとき同様、フリップを抱え、ペコペコとお辞儀をしながらマイクの前に立つ。

「どうもー、皆さん、こんにちは！　藤巻カンジで～す！」

藤巻は後頭部を掻きながら、大きく頭を下げた。

「今日は街で見つけた〝こんな人、いるいる～〟って人を紹介したいと思いま～す」

藤巻はフリップボード立てに何枚かのボードを置いた。〝こんな人、いるいる～〟と書かれた一枚目に手をかけながら、視聴者の方を見る。

「あなたの回りにこんな人、いるかなぁ？」

藤巻は一枚目のフリップボードを引き抜いた。二枚目には〝「また今度教えて～」が社交辞令だとわからない人〟と書かれている。

「この前、大学時代の友人に誘われて、嬉し恥ずかし、初めての合コンに行ってきたんです！」

客席が「え～っ？」と疑わしげな声を上げ、藤巻は「ほんとに人生初の合コンだったんです」と頭を掻いて話を続ける。

「相手はビジネス街に勤める四人のOLさんたちで。僕もうテンション上がりまくりましてね！　趣味を聞かれたから、『車を集めること』って答えたんです」

会場がどよめき、藤巻は一度頷いて言う。

「そうしたら、OLさんたち全員が僕を見て、『何台持ってるんですか～？』って。だから、『今はマンションに住んでるから、お気に入りの二台しか置いてないけど、実家には何台もあるよ。親父のもあるから、数えたことないな～』って答えたんです。そうしたら、僕、それからなんだかモテモテで！　僕も世間で話題の〝お持ち帰り〟ができるんじゃないかって、期待してたんですよ！」

藤巻は両手を口元に当てて、嬉しそうな笑い声を立てた。

「店を出るとき、一人の女性が僕に近づいてきて、こう囁くんです。『今度助手席に乗せてくれる？』って。だから、僕、『え、そんなの無理無理！　いくらキミが細くても、ミニカーの助手席には乗れないって。でも、今度、実家のミニカーを全部見せてあげるよ！』って答えたら、彼女、『あ、う、うん。また今度教えて～』って言ってくれたんです！」

藤巻は「だ～け～ど～」と言いながら変顔を作り、客席でクスクスと笑い声が起こった。

「それっきり彼女から連絡がないんです。僕の番号、教えといたのに……。彼女の番号にかけたら、忙しいのか出てくれなくて。そのうち、『おかけになった電話番号にはおつなぎできません』ってアナウンスが流れるようになっちゃって」

藤巻はがっくりと肩を落としてうつむいた。かと思うと、顔を上げて訴えるように言う。

「最近、友達に教えられたんです。それって着信拒否されてるって。『また今度』は社交辞令だって。僕、それ知らなくて、『今度っていつかな』ってすごく期待しながら待ってたんですよ～！」

そしてフリップボードをまじまじと見る。ひょうきんな顔で瞬きを繰り返し、「『また今度教えて～』が社交辞令だとわからない人」とつぶやいたかと思うと、両手でフリップボードを持って膝に叩きつけ、二つ折りになったそれをステージの奥に放り投げた。

「これって僕のことやんけ～！」

地団駄を踏む藤巻を見て、客席がドッと沸いた。

鞠絵がクスクス笑いながら言う。

「藤巻さん、『こんな人、いるいる～』ってネタを使って、最後に『これって僕のことやんけ！』って暴れる芸で、また人気が出てきたみたいだよ」

「フリップ破壊芸ってところだな」

光牙の声が聞こえて、真琴はびっくりして声のした方を見た。いつの間に来たのか、カウンターの隅の席に彼が座っている。相変わらず物音一つ立てないから心臓に悪い。

「こ、光牙さん、いらっしゃいませ」

光牙は身を乗り出して、真琴の手元を覗き込んだ。

「いい匂いがする」

言われて鍋を見た真琴は目を剝いた。テレビに気を取られている間に汁気がすっかりなくなり、煮干しは鍋の底に焦げ付いている。

「なにこれ、最悪ーっ」

真琴は慌てて火を消し、菜箸でつまんで鍋底から煮干しを剝がした。佃煮のしっとり感は消え失せ、残念なほど干からびている。真琴はため息をつき、カチカチになった煮干しを小皿に置いた。

「あらあら」

静絵は包丁と小芋を置いて鍋を覗き、小皿の煮干しをつまみ上げる。

「見事にカリカリになっちゃったわねぇ」

静絵はそれを口に入れた。

「えっ、お母さん!?」

驚く真琴の前で、母が口を動かし、ポリッと小気味いい音が響いた。カウンターの向こうから光牙が右手を伸ばす。

「俺にもよこせ」

光牙の唇の間から犬歯が覗いた。

「え？」

真琴は光牙から静絵に視線を移した。なにを思ったのか、静絵は焦げた煮干しを小皿に載せて、光牙の前に置く。

「お母さん、それ、失敗作なのに！」

だが、真琴が止めるより早く、光牙は煮干しをつまんで口に入れた。ポリポリといい音がして、光牙の目が猫のように細くなる。

「うまい」

「えっ」

真琴は信じられない思いで目を見開いた。

「いいなぁ、私も食べてみた〜い」

鞠絵が隣に並び、真琴が菜箸で挟んだままの煮干しを指でつまんだ。それを食べて両手を頬に当てる。

「わー、カリカリだぁ」

真琴は疑わしげに眉を寄せながら、鍋底に残っていた煮干しをつまみ上げた。その焦げ茶色の物体をまじまじと眺める。焦げていてとてもおいしそうには見えないのだが……。

おそるおそる口に入れた瞬間、煮干しは驚くほど軽やかにパキッと割れた。甘辛い味が舌の上に広がり、もう一つ欲しくなる。

「嘘みたい」

真琴は左手で口を押さえた。カウンターの向こうで光牙がニヤッと笑う。

「な？　俺は匂いでわかったんだ。間違いなくうまいってな」

光牙の言葉を聞いて、真琴の胸にほわっとなにか温かなものが生まれた。いつも無愛想で上から目線で、うさんくさいと思っていた探偵の言葉に、頬が勝手に緩む。

(料理を褒められることがこんなに嬉しいなんて……)

目を離して失敗したものを料理と呼べるかどうかは別にして、食べた人の笑顔がこんなにも自分の胸を熱くしてくれるとは思わなかった。

「これを〝カリカリ煮干し〟と命名しよう」

よっぽど気に入ったのか、光牙は皿の煮干しをポリポリと食べている。

真琴の脳裏に、仕事を終えて三神食堂で一杯飲んで帰る男性のくつろいだ表情や、子どもが学校に行っている間に食べに来たママさんグループの楽しそうな笑顔が蘇る。

(おいしいご飯にこんな力があるなんて……)

そのとき、真琴は商店街でポスターの写真を撮っていた女性たちの姿を思い出した。

『〝いいね〟たくさんもらえそう！』

(いいこと思いついた！)

真琴は我ながら名案だと思いながら、考えついたアイデアを言葉にする。

「ねえ、食堂を盛り上げるために、ＳＮＳでメニューを紹介するのはどうかな？　みんなにフォローしてもらったり、〝いいね〟をもらったりしたら、宣伝になると思うよ！」

「あ、それいいかも～」

鞠絵は両手をパチンと合わせた。しかし、真人は渋い表情になって言う。

「そんなことをする必要はない」

「どうして？」

「うちには向かない」

「そんなの、やってみないとわからないじゃない」

「やってみなくてもわかるから、言うんだ」

真琴は頬を膨らませた。

「お父さんってなんでも反対するよね」

「なんでもとはどういうことだ？」

「私が府外の大学に行くのも反対したし、東京で就職することにも反対した」

真人の表情が険しくなった。怒鳴られるのかと思って真琴は身構えたが、真人はふいっと顔を背けた。

「やりたければ勝手にやればいい」

「じゃ、そうさせてもらいます。私が料理の写真を撮っても、お父さんが勝手にしろって言ったからなんだからね。文句言わないでよねっ」

真琴もつんと反対側を向いた。

「お父さんたら」

「もう、お姉ちゃん」

静絵と鞠絵が呆れた声を出す。光牙は我関せずといった表情で、焦げた煮干しを食べながら、カリカリと音を立てていた。


その翌週の木曜日。真琴は開店前の店で椅子に座り、スマホを眺めてため息をついた。

SNSで三神食堂のアカウントを作り、メニューを紹介しているのだが、最初の頃、近所の商店主たちがフォローしてくれたものの、フォロワー数は伸び悩んでいる。〝いいね〟の数もずっと同じまま。つまり、まったく増えていないのだ。

真琴は画面をスクロールして、それまでに紹介した料理を見た。優しい味わいのカレイの煮付けは、魚嫌いの近所の子どもが喜んで食べてくれる。イカと小芋の煮物はこっくりとした味が懐かしい。牛スジ肉をトロトロに煮込んだどて焼きは、甘辛くねっとりした味わいが飲んべえにはたまらない。出汁の風味が奥深い切り干し大根の煮物は、真琴も大好きだ。

真琴はふとスクロールする指を止めた。

「どれも地味な色ばっかり……」

こんな写真が〝SNS映え〟するはずがない。

真琴は大きく肩を落とした。娘のそんな様子を見て、真人が静かに言う。

「だから言っただろう。SNSは『うちには向かない』って」

真琴は返す言葉がなく、唇を引き結んだ。

「うちの料理は目を惹く派手なものじゃない」

静絵が穏やかな口調で言葉を挟む。

「でも、それがいい、それでいいっていうお客様がいてくれるの。出汁だって、手軽な顆粒のものが市販されているけれど、うちは煮干しやカツオ節を使って一から取る。そうした手間暇と愛情をかけることを、私たちは誇りに思っているのよ」

「SNSに載せたところで、料理の味や香りは伝わらない」

父の言葉を聞いて、真琴は小声で言う。

「でも、みんなの役に立ちたかったんだもん……」

真人は小さく息を吐いた。

「そうだな。新しいものを取り入れることが悪いとは言わない。だが、古いもの、変わらずにあるものの良さを知ってほしい」

父が小皿に出汁巻き卵を一切れ載せて、箸と一緒に真琴の前に置いた。真琴は箸を取り上げ、半分に切って口に入れる。ふんわりしたそれを嚙むやいなや、優しい味が口中に広がった。カツオと昆布で取った出汁の繊細な香りとほんのりとした醬油の風味、それにまろやかな甘み……。

父の作った出汁巻き卵の味が、じんわり心に染みてくる。

真琴は自分がアップした出汁巻き卵の写真を見た。その無機質な黄色からはなにも伝わってこない。

(古いもの、変わらずにあるものの良さ、か……)

真琴が心の中でつぶやいたとき、真人が両手をパンと合わせた。

「さあ、もうすぐ開店するぞ。いつまでも座っているような従業員には、辞めてもらって構わないんだからな」

父に厳しい口調で言われ、胸を満たしかけていた感動が、潮が引くように消えていった。


そしてその日も、夜の営業時間の開始直後、光牙が店にやってきた。

「いつも通り」という彼の注文に応じて、真琴は父が用意した、夜の魚定食と出汁巻き卵の載ったトレイを光牙の前に置いた。

「それから、これ、〝カリカリ煮干し〟です」

光牙の来る時間に合わせて作っておいたカリカリ煮干しの皿を、トレイに載せた。日曜日に食べて以来、光牙の『いつも通り』の一品は、静絵の作る煮干しの佃煮ではなく、真琴の作ったカリカリ煮干しになった。

「真琴、新しい布巾を取ってきてくれ」

真人に頼まれ、真琴は「はい」と返事をして、厨房横の廊下に向かった。スニーカーを脱ぐのに手間取っていると、真人の潜めた声が聞こえてくる。

「光牙さん、例の事件、また起きましたね」

（例の事件？）

つい気になって、真琴は動きを止めた。そっと覗くと、光牙が右肘をついて顎を支えながら答える。

「だが、今のところこの町では起こっていない。真人の依頼とは関係ないと思う」

光牙の低い声を聞いて、真琴は目を丸くした。いくら客とはいえ、二十歳以上は年下に見える光牙が、父を呼び捨てにしている！　しかも、父の方が敬語を使っている。いったいこの二人はどういう関係なのか。

そのとき、真琴のジーンズの後ろポケットでスマホが震え出した。低い振動音に気づいて真人が振り返り、真琴の姿を見て表情が険しくなる。

「いつからそこにいた？　布巾は？」

「え、あ、今から取りに行くところ」

「まったく。仕事中だぞ。電源を切っておきなさい」

「ごめんなさい。でも、鞠絵からだわ」

真琴はスマホの画面を見て言った。廊下に上がり、奥の和室に着いてから通話ボタンをタップする。

「もしもし」

『お、お姉ちゃん……』

鞠絵の声が震えている。

「鞠絵、どうしたの？」

『友達がね……襲われたの』

「襲われたってどういうこと⁉」

真琴は思わず大きな声を出してしまい、右手で口を押さえた。

『通り魔に襲われて……髪を切られたんだって』

真琴はさっきの父と光牙の話を思い出した。父が言った〝例の事件〟とは、この一週間ほど続いている、女性が髪を切り落とされる通り魔事件のことだろう。その被害に、鞠絵の友達が遭ったということか。

鞠絵の怯えた声が言う。

『同じゼミを取ってる女の子が休んでたの。それで、どうしたのかなって思ってたら、さっき、別の友達からメッセージが来て、昨日の夜、通り魔に髪を切り落とされたらしいよって教えられて……それで、私、怖くなって』

「今どこにいるの⁉」

「今どこにいるんだ⁉」

真琴の声に光牙の声が重なり、真琴は驚いて振り向いた。いつの間に来たのか、彼は真琴の背後でスマホに耳を寄せていた。

「ちょっと！」

真琴が驚いてスマホから耳を離した瞬間、彼は真琴の手からスマホを抜き取り、自分の耳に当てた。

「鞠絵か。光牙だ」

スマホから『光牙さん!?』と呼ぶ鞠絵の声が漏れ聞こえた。光牙は鞠絵のことも呼び捨てにしている。

「今から迎えに行ってやる。それまで駅の改札を出るな」

鞠絵が遠慮したのだろう。光牙は「遠慮はいらん。それに真琴が行くより安心だ」と言った。それに対して鞠絵がなにか言ったらしく、光牙は耳を傾けてからニヤッと笑った。

「それに俺の方が役に立つ」

光牙は鞠絵にそう言って、真琴にスマホを返した。彼が廊下を戻り始め、真琴は光牙を追いかけながら、スマホを耳に当てる。

「鞠絵、今、駅なの？」

『うん、駅に着いたところ。商店街まで少しの距離だけど、駐輪場の間の細い道とか、暗いし怖くて……』

「私も今から迎えに行く」

スマホの向こうから驚いた声が返ってくる。

『えっ、お姉ちゃんはいいよ！　光牙さんが来てくれるから』

「でも、心配だから」

真琴が言ったとき、光牙が立ち止まって振り返った。

「俺が行く。おまえはここにいろ。というより、仕事をしていろ」

　真琴が反論しようとしたとき、暖簾を掻き分けて真人が顔を覗かせた。疑問の表情を浮かべる父に、光牙が手短に説明する。

「鞠絵の友人が例の通り魔に襲われたらしい。鞠絵が不安がっているから、駅まで迎えに行く」

「私が行くよ！　光牙さんはお客様だから申し訳ないし」

　真琴の言葉を聞いて、真人は首を横に振った。

「光牙さんにお任せしなさい」

「えっ」

「光牙さんに任せておけば安心だ」

　父にきっぱりと言われ、真琴は口をつぐんだ。真琴に任せるのは不安だと言われているようで、寂しくなる。

（いざとなったら投げ飛ばしてやるのに）

　真琴は唇を尖らせながら厨房に入った。母が食器を下げてきたので、それを受け取り、シンクに入れて洗い始める。

「光牙さん、食事の途中でどこに行っちゃったの？」

　静絵が真琴に話しかけた。

「鞠絵の友達が通り魔に襲われたらしくて、鞠絵が怖がってるから駅まで迎えに行ってくれるって」

真琴は低い声で答えた。その口調に滲んだ不満を聞き取り、静絵が小さく微笑む。

「真琴が鞠絵を守ってあげたいって気持ちはわかるけど、光牙さんに任せておけば大丈夫よ」

「お父さんもそう言ってた」

「そうよ。正義感が強いのもいいけど、光牙さんなら安心だから」

胸の中にドロドロした感情が湧き上がってきて、真琴はスポンジを握りしめた。父も母も真琴が行くより光牙が行く方が『安心』だと言う。両親が娘である自分よりも光牙のことを信頼している。それが妬ましいのだ、と自分でもわかった。

そのとき、店のドアがカラカラと開いた。顔を上げると、工場で働く男性たちが入ってきた。

「こんばんは」

「ああ、いらっしゃい」

父は何事もなかったかのように、男性客に声をかけた。本当に光牙に任せておけば鞠絵は無事に帰ってくると確信しているのだろう。真琴は沈んだ気持ちのまま、湯飲みに茶を淹れた。

光牙と鞠絵が帰ってきたのは、それから二十分後だった。駅からここまで歩いて十五分近くかかるから、光牙は駅まで走っていったのだろう。

格子戸を開けて入ってきた二人を見て、テーブル席で飲んでいた五十代の男性客が、囃すような声をかける。

「よっ、お二人さん、お似合いだねぇ」

「そ、そんなんじゃないですよぅ」

鞠絵が頬を染めてうつむいた。光牙は無表情のまま、もといたカウンター席に腰を下ろす。

「光牙さん、お料理を温め直しますね」

静絵が光牙のお盆を厨房に運び、真人が彼に小声で話しかけた。

「どうでしたか?」

「特に異常は感じられなかったが、少し気になる」

「気になるってなにが?」

真琴はつい言葉を挟んだ。しかし、真人に苦々しげな顔を向けられる。

「真琴には関係ない」

「光牙さん、お待たせしました。どうぞ」

静絵が温め直した料理を光牙の前に運んだ。

「本当に助かりました」と言う静絵に続いて、鞠絵が礼の言葉を述べる。

「ありがとうございました」

「気にするな。礼には及ばない」

光牙が笑顔の静絵と鞠絵に囲まれ、真人から信頼の眼差しを受ける様子を見て、真琴はたまらなく疎外感を覚えた。

翌日の金曜日、鞠絵はまだ明るい夕方の四時に帰ってきた。「さすがに今日も光牙さんに迎えに来てもらうのは悪いから」ということだ。

真琴は自分のベッドに寝転んで、スマホで過去の新聞記事を検索した。福木町の近隣で起こった通り魔事件を調べているうちに、全体像が見えてきた。

最初に髪を切られる被害に遭ったのは、隣の市に住む二十五歳の会社員の女性だった。ちょうど一週間前の金曜日の夜十時頃、仕事帰りに暗い夜道を一人で歩いていたら、後ろから走ってきた何者かにいきなり突き飛ばされた。うつぶせに倒れると髪を摑まれ、大きなハサミのようなもので、長い髪を首の後ろ辺りでばっさり切り落とされた。女性は恐怖のあまりしばらくその場でうずくまっていたため、犯人の性別・背恰好などは見ていない。髪は現場に落ちておらず、犯人が持ち去ったものと思われる。

二人目の被害者は六日前、同じく隣の市で被害に遭っている。こちらは三十一歳の会社員の女性で、夜の十時頃、友人と食事をした帰りに襲われた。ただ、彼女の場合は突き飛ばされたとは書かれておらず、いきなり後ろから髪を摑まれ、シュシュで結んでいたところから髪を切られたそうだ。女性が大声を上げたためか、犯人は髪を現場に残して走り去った。女性の証言から、犯人は男で、目出し帽を被っていたため年齢はわからないが、身のこなしなどから二十代から三十代ぐらいではないかということだった。

　三件目の事件も隣の市で、二日前に発生した。被害者は二十一歳の女子大生。鞠絵と同じゼミに所属している女性だろう。十時頃、アルバイト先から一人で帰宅する途中で、二件目の女性と同様、いきなり後ろから髪を摑まれ、ダウンスタイルにしていた髪を半分ほど切り落とされた。髪は現場に残されていたという。

　共通点は、被害に遭った女性が全員二十代から三十代前半と若く、長い髪の持ち主だったことと、襲われた時刻が夜の十時頃ということだ。犯行の日は七日、六日、二日前と、日付に規則性はないように思える。

　真琴は背中の中程まである自分の髪を触った。秘書だったため、まっすぐな髪は染めずに黒いままだ。艶のあるサラサラヘアをキープするため、トリートメントにも気を遣っている。被害者の女性たちもそうだっただろう。不審者に付け狙われたことだけでも恐ろしいのに、大切にケアしている長い髪を切り落とされたなんて。どれほどの恐怖を覚えただろうか。真琴は胸の奥から激しい怒りが湧き上がってくるのを感じた。

　ふと時計を見ると、五時半になっていた。店を手伝う時間だ。

　真琴は一階に下りて厨房に入り、真人が出汁を取ったあとの煮干しを使って、砂糖と醬油、酒とみりんを加えて炒りつけた。香ばしい匂いが立ち始めたとき、店の格子戸が軽やかな音を立てた。光牙かと思ったが、入ってきたのは智孝だった。

「井川くん。いらっしゃいませ」

「おっす。今日は一番乗りか」

智孝はカウンターの隅の席をチラッと見て言った。いつも光牙が座っている席だ。開店とほぼ同時にやってくる彼が、珍しく今日は来ていない。

「えーっと、今日は……」

智孝はカウンターの真ん中の席に座りながら、壁に張られたメニュー表を見た。

「肉定食にしよう。あと中ジョッキも」

「かしこまりました」

真琴はエプロンのポケットから伝票を取り出し、注文をメモした。今日の肉定食のメインは、おろし生姜と酒、醤油で下味をつけ、片栗粉をまぶして揚げた鶏肉に甘酢餡をかけたものだ。それにレタス、インゲン豆とジャガイモのサラダ、豆腐とナメコの味噌汁がつく。

真人が盛りつけたものを真琴はお盆に載せて智孝の前に運んだ。厨房に戻ってカリカリ煮干しを小皿に載せたとき、智孝が首を伸ばして真琴の手元を覗く。

「それなに？」

「カリカリ煮干し。本当は佃煮を作ろうとして失敗したの」

智孝は壁のメニュー表をざっと見た。

「怪我の功名ってわけか。メニューに載ってへんってことは、もしかして裏メニュー？」

「そういうわけじゃないよ」

「俺も食べてみたいなぁ」

「ちょっと待ってね」

真琴が別の小皿に取り分けようとしたとき、「それは俺のだ」と光牙の声が聞こえた。顔を上げると、いつの間に来たのか、智孝の後ろに光牙が立っている。

「それは誰にもやらん」

光牙は不機嫌そうな目で小皿を示した。

「少しぐらいいいいじゃない」

「断る」

光牙は言うやいなや、真琴の手から皿をさっとかすめ取った。驚くべき早業だ。

「光牙さん！」

光牙は指定席となっている隅の席に着いて、犬歯を剥いた。まるでお気に入りのおもちゃを取られまいと威嚇する猫のようだ。

「そもそもは失敗作だったような料理なのに」

真琴は呆れ顔で言ったが、光牙は強い眼差しで真琴を見た。

「俺が最初に認めた」

その視線があまりにまっすぐで、真琴はドギマギしながら小さく口を動かす。

「た、確かに最初に料理だと認めてくれたのは光牙さんだけど……」

だからって、独り占めするなんて、と思う真琴の前で、智孝は淡い笑みを浮かべる。

「三神、えらい気に入られてるんやな……」

「あの料理だけだけどね」

「いや、おまえのことも気に入ってると思うで」

真琴は昨日の疎外感を思い出して、首を左右に振った。

「そんなことないと思う。それよりごめんね、井川くん」

「いや、えーよ、えーよ。俺はいつでも大丈夫」

智孝はビールのジョッキを取り上げ、ゴクゴク飲んで息を吐いた。そうして思い出したように口元をほころばせる。

「しかし、あの探偵さん、意外とおもろいんやな。いろんな一面がある」

「そう？」

真琴は疑わしげに首を傾げた。智孝は声を低くして言う。

「だって、あの人なんやろ？　藤巻さんの辛口なツッコミを逆手にとって、店舗のキャッチフレーズにしようって案を出したんは」

「えっ、そうなの？」

驚く真琴に対し、智孝もびっくりした顔をする。

「知らんかったん？」

「うん」

「てっきり三神は知ってるもんやと……。俺が言うたって言わんとってな。俺も自治会長の森さんからオフレコやでって教えてもろたから」

智孝が声を潜めて言い、真琴も同じように小声で返す。

「わかった。でも、私はお父さんが提案したんだと思ってた……」

真琴は光牙を見た。彼はカリカリ煮干しをつまんで口に入れ、満足げに目を細めている。その光牙の席に、静絵が〝いつも通り〟の料理を運んだ。

「おかげでSNSでも話題になったし、藤巻さんも再起できた。そんな切れ者で冷静沈着そうな外見やのに、あんなおもろい一面があるなんてな」

真琴はカリカリ煮干しを独り占めしたときの光牙を思い出して苦笑した。

（私にはただの気まぐれな人にしか見えないけどなぁ）

首を傾げたまま光牙を見ていたら、智孝に小声で呼ばれた。

「なあ、三神」

「なぁに？」

智孝の方を見ると、彼はジョッキを両手で握って、真面目な表情で真琴を見た。

「やっぱり男ってギャップがあった方がえ～んかな？」

「いきなりなに？」

智孝は視線を落として沈んだ声を出す。

「いや……半年くらい前にな、友達の紹介で三ヵ月付き合《お》うてた彼女に、『井川くんって見た目通りの人だね』って振られてしもてさ。見た目通りってどういうことやって聞いたら、『平凡でつまらない』って」

　真琴は顔をしかめた。

「ひどい言い方」

「やろ？　『年上だから、リードしてくれると思ってた』とか『デートのときにステキなサプライズを期待してた』とか。俺だって一生懸命気を遣ったんやけどなぁ」

「深く知り合う前に付き合っちゃったの？」

「正確に言うと、友達の友達やったから、そうかもしれんな」

「本当の井川くんを好きになってくれる人が、見つかるといいね」

　真琴は思いやりを込めて言った。

「ん……」

　智孝は生返事をして、ビールを一口飲んだ。ジョッキを置いて、意を決したような目で真琴を見る。

「三神は、俺のこと、どう思う？」

　智孝に訊かれて、真琴は顎に右手を当て、「う～ん」と考えながら答える。

「自治会の青年部に入って町のために活動してる、いい人」

「いい人……」

　智孝の眉尻が少し下がった。その答えじゃ不十分なのかと思って、真琴は頭を絞る。

「あとはぁ、商店街のイベントにもボランティアで参加してて、えらいな〜って。自慢できる大切な友達」

智孝の眉がさらに下がった。彼は口元をかすかに歪めて、味噌汁の椀を手に取った。その様子が元気がないように思えて、真琴は励ますように言う。

「井川くんはほんとにいい人だもん。自信を持って」

「はは……ありがとう」

智孝はずずっと音を立てて味噌汁を飲んだ。

「あーあ、俺も誰かに慕われたい。頼られたい」

「職場に後輩はいないの？」

真琴の問いかけに、智孝は首を左右に振った。

「そういうんとちゃうねん」

「どういうこと？」

「彼女が欲しいねん」

智孝が真琴をまっすぐに見た。真琴は小さく肩をすくめる。

「ああ……。そればっかりはどうしようもないね。私、福木町の友達としばらく連絡を取ってないし、井川くんに紹介できそうな女性はいないないなぁ」

智孝はため息をついて味噌汁の椀を置いた。

「もうええわ。来年、新人が入ってくるのを待つわ」

「きっといい出会いがあるよ。井川くんは率先して夜警にまで参加して、みんなのために尽くしてるんだから」

真琴は慰めるように言ってから、「あ」と声を出す。

「それはそうと、最近、女性が髪を切り落とされる通り魔事件が続いてるでしょ？」

智孝は箸で鶏肉をつまみながら答える。

「ああ、ほんまに物騒やな」

「この前の不審火事件のときみたいに、自治会で夜警はしないの？」

「するで。犯行時刻が十時頃やったから、九時半から一時間、地域を巡回する予定や。でも、今回は時間が遅いから、ボランティアは募集せんと、各自治会の青年部で参加できる人だけで巡回することにしてるねん」

「そうだったんだ。私も参加していい？」

智孝は迷うように左手を顎に当てた。

「人数が少ないから、一人でも増えたらありがたいけど……」

「でしょ！　私も手伝う。前みたいに集会所に集合したらいいの？」

「でも、三神も一応女やろ？」

「女だったらダメなの？」

真琴は不満顔で智孝を見た。

「いや、ダメというか……危ないやろ」

「私が強いことは井川くんも知ってるでしょ」

真琴が言った直後、真人が言葉を挟む。

「やめておきなさい」

やっぱり反対されたか、と思いながら、真琴は父を見た。

「人のためになることなのに、どうして反対するの？　みんなと一緒に夜警をするんだよ。一人で夜の町をうろつくわけじゃない」

「それはそうだが……」

そのとき、「いいんじゃないか？」と光牙の声が聞こえてきた。

「光牙さん！」

真人は驚いて光牙を見た。光牙は思わせぶりにニヤリとする。

「町から出たがっていた娘が、町のために一肌脱ごうとしているんだ。その気持ちを汲んでやれ」

「ですが、鞠絵を迎えに行くときは、真琴が行くのは危ないからと、光牙さんが代わりに行ってくれたじゃないですか」

真人の言葉を聞いて、真琴は光牙が言った『真琴が行くより安心だ』という言葉の本当の意味を知った。〝真琴に頼むのは不安だ〟という意味ではなく、〝真琴に行かせるより自分が行く方が安心だ〟という意味だったのだ。

真人が険しい表情になって続ける。

「それに、狙われているのは真琴のように髪の長い若い女性です」

「だから、いいんじゃないか」

光牙の言葉を聞いて、真人は目を剝いた。智孝も驚いた顔をする。

「いくらなんでもそれは！」

真人の大きな声に被せるように光牙が言う。

「確かめたいことがある」

その言葉を聞いて、真人は苦渋の表情を浮かべた。

「それは……私がお願いしていたことと関係しているのですか？」

「その可能性を探る」

二人の会話を聞きながら、真琴は内心首を捻った。商店街の赤字と通り魔事件がどう関係するのか？　よくわからなかったが、そんなことより今は夜警の方が重要だ。福木町で卑劣な犯罪を起こさせはしない。

「夜警の目的は、福木町には隙がないんだって犯人を牽制することなんだよ。それに、青年部のみんなが一緒だから、大丈夫」

真琴は安心させるように父に向かって頷いた。


九時になり、真琴は両親に断って仕事から上がった。白いハイネックのニットにデニム、黒のダウンジャケットにショートブーツという恰好で食堂を出た。商店街を抜け、街灯がまばらな駐輪場の間を歩く。

「ここの街灯、増やしてもらった方が安心かも……」

そう独りごちたとき、真琴に同意するように「ニャア」と鳴き声がした。驚いて振り返ると、すぐ後ろをキジトラが歩いている。

「あ、キジトラちゃん！」

真琴は足を止めてキジトラに向き直った。

「この前は私が無実のおばあさんを放火犯だと思い込んでたから、私からスマホを奪ったんだよね？」

猫はそうだと返事をするように「ニャア」と鳴いた。

「まるで私の言ってることがわかってるみたいだね」

真琴は膝に両手を当ててキジトラに顔を近づけた。

「私、頭に血が上ってたから、あのままだったら、あのおばあさんを警察に突き出してたと思う。私を止めてくれてありがとう」

猫は前足で顔を掻いた。

「それで、もしかして今回も夜警を手伝ってくれるの？」

キジトラは当然だと言いたげに顎を持ち上げた。その高飛車に見える仕草に、真琴は笑みを誘われる。

「ありがとう。今日もよろしくね」

真琴は猫と並んで歩き出した。高架を抜けて住宅街を歩き、集会所に到着する。時間になって集まった青年部員は、智孝を含めて七人だった。

「男のいない家に妻や娘を置いていけないって人もいて、なかなか参加者が集まらなくてね。来てくれて助かるよ」

青年部の部長に感謝の言葉をかけられ、真琴は来てよかった、と思った。

「じゃあ、今回は四人ずつに分かれようか」

部長の指示で参加者は二班に分かれた。今回も真琴は智孝と同じ班だ。懐中電灯を持ち、

〝自治会青年部〟と書かれたたすきを掛けて、駅前の駐輪場や住宅街、公園など、人の目が届きにくい場所を巡回する。

「やっぱり事件のせいか、まったく人通りがないな」

部長が懐中電灯で公園の暗がりを照らしながら言った。

「特に異常はなさそうですね」

智孝が同じように懐中電灯の光を木立に向けた。真琴も懐中電灯であちこちを照らす。後ろを向いたとき、キジトラの目がピカッと光った。

「今のところ福木町では事件は起こってないからなぁ。それに、お巡りさんも注意してパトロールしてくれているから、この辺りは大丈夫かもしれないな」

部長の声に、ほかの部員がホッとしたような声を出す。

「そうですよね。こうやって巡回を続けて、福木町に犯人が来られないようにしましょ

う！」

出発したときの緊張感が薄れ、集会所に戻ったときはみんな口数が多くなっていた。

「お疲れ様。ゆっくり休んでください」

「その前に熱い風呂でしょ」

「いやいや、その前に熱燗で一杯」

そんなことを言いつつ挨拶を交わして帰路につく。真琴も帰ろうとしたとき、智孝に声をかけられた。

「三神、送ってくよ」

「ありがとう。でも、大丈夫だよ。駅まで五分ちょっとだし、高架を抜けたらすぐ商店街だから」

「けど、おまえも一応女やろ？」

「井川くんにそれ言われるの、今日二回目」

「そうやっけ？」

「そうだよ。食堂でも言ってた。そもそも、どうして〝一応〟ってつけるかなぁ」

真琴の不満声に対し、智孝は言いにくそうにぼそぼそと答える。

「そりゃまあ……〝一応〟そうやからやろ。まあ、とにかく駅まで送るから」

智孝が言って、真琴を促し歩き出した。

「ありがとう。でも、私にはボディーガードがいるんだよ」

真琴は振り返って、視線でキジトラを示した。キジトラが「ニャア」と声を上げ、智孝は目を丸くする。

「あれっ、今日もついて来てたんか？」

「そうなの。もしかして本当に井川くんがいじめてた猫で、助けた私に恩を感じているのかも」

真琴はクスッと笑った。

「じゃあ、化け猫やなくて猫の恩返しか」

「猫の恩返しなんて聞いたことないけどね」

そんな会話をしつつ歩いているうちに駅に着いた。この時間に発着する電車はないのか、改札とつながっている階段に人の姿はない。

「駐輪場を抜けたらすぐに商店街だから、ここでいいよ」

真琴は智孝に向き直った。

「わかった。今日はありがとうな」

「また明日も巡回するの？」

「人数が集まれば」

「私も数に入れといてね」

真琴の言葉に智孝は笑顔で頷いた。

「助かるよ。じゃあ、また明日」

「お疲れ様」

真琴は智孝に手を振って急ぎ足で駐輪場の間を抜けた。横断歩道の前で足を止めたとき、街路樹のそばに人影があるのに気づいた。真琴に背を向け、背中を丸めている。タバコに火でもつけようとしているのだろうか。

振り返ると、智孝はまだ駅前に立って真琴を見送っていた。

「おやすみ！」

真琴は大きく手を振り、智孝が手を振り返した。信号が青になって、真琴は横断歩道に足を踏み出す。さっきまで後ろにいたはずのキジトラが、いつの間にか並んで歩いていた。

「本当に猫って足音を立てないんだね」

真琴は微笑みながら商店街に入った。午後十時半を過ぎた商店街は、入口付近にある居酒屋に明かりが灯っているだけで、T字の横棒にあるほかの店はどこも閉店している。

T字路に着いて真琴は足を止めた。キジトラの前でしゃがんで目線を合わせる。猫は前足を揃えて座り、くいっと顎を持ち上げた。

「キジトラちゃんもご苦労様。福猫えびす神社に帰るのかな？」

猫は顔を傾けて神社の方を示し、歩き始めた。商店街を抜けて横断歩道を渡ればすぐに神社だが、あの横断歩道に信号はない。暗い夜道を渡る猫を、スピードを出した車のドライバーが気づかずに轢いたりしないだろうか。

真琴は心配になってキジトラを追いかけた。キジトラは耳をピクリとさせて真琴を見る。

「神社まで送るね。車が怖いから」

キジトラは返事をせずに再び歩き出した。真琴は猫と並ぶ。商店街は明かりが落ちていて薄暗く、ひっそりとしていた。真琴の靴音が反響し、なんだかゾクゾクとする。

「夜の商店街って意外と暗くて、ちょっと怖いね。でも、猫なら夜目が利くから平気かな」

真琴はふふっと笑った。やがて商店街を出て、キジトラと一緒に横断歩道を渡った。真琴は鳥居の下に立って、猫が階段を上るのを見守る。

「キジトラちゃん、おやすみ」

猫の姿が石段の上に消えた。真琴は方向転換して横断歩道に足を踏み出す。その直後、いきなり後ろから髪を引っ張られた。

「痛っ」

右手で髪の結び目を摑みながら振り向くと、真っ黒なニット帽――テレビドラマで強盗がよく被っている目出し帽――から覗くぎょろっとした男の目と視線が合った。男は右手に大きなハサミを握っていて、掲げたそれが月明かりを受けて不気味に光った。真琴の全身が張り詰める。

「あなた……通り魔!?」

脳裏に鞠絵の怯えた顔と新聞記事の内容が蘇り、恐怖と同時に怒りが込み上げてくる。

真琴は男に反撃しようと左手を伸ばしたが、指先は空を切った。髪を強く引っ張られ、体勢を整えられない。

（このままじゃ……この男の思うがままだ……っ）

真琴は髪を引っ張られる痛みをこらえて、体を半回転させた。

「こいつ！」

真琴の予想外の動きに驚いて、男がくぐもった声を漏らした。真琴は右手を伸ばして男のモッズコートの襟を摑む。

「離せっ」

男がハサミを振り上げた瞬間、その右腕に黒い影が飛びついた。さっき真琴が見送ったはずの猫だ！

「キジトラちゃん!?」

キジトラは男の腕に嚙みついた。

「ぎゃっ」

男は悲鳴を上げて真琴の髪から手を放し、左手で右腕を押さえた。キジトラは男の目出し帽に飛びかかり、ニット帽に爪を引っかけて空中で体を捻った。男のニット帽がめくれ上がる。

「やめろっ」

男がハサミを振り回した直後、猫は小さく鳴いて地面に着地した。男は慌ててめくれ上がったニット帽を引き下げ、背を向けて走り出す。

「待ちなさいっ」

男が商店街横の通りに飛び込み、真琴は彼を追おうと駆け出した。だが、視界の隅にキジトラがバランスを崩すのが映る。顔を向けたとき、猫は右足を下にしてその場に崩れるように倒れた。

「どうしたのっ⁉」

急いで駆け寄ると、キジトラの右前足がざっくりと切られていた。毛が血に染まり、開いた傷口が見える。

「ひどい……っ、あいつに切られたのね⁉」

真琴は顔を上げたが、男の姿はもう見えなかった。今から追えば、どこかの路地で逃げる後ろ姿を見つけられるかもしれないが……キジトラは自分を助けようとして怪我を負ったのだ。このままにしておけない。

真琴はポケットからハンカチを取り出して前足に押し当てた。猫は苦しそうにうめき声を上げる。

「ごめんね」

真琴はキジトラをそっと抱き上げた。猫は真琴の腕の中でぐったりとする。真琴は横断歩道を渡り、商店街をできるだけ急いで走った。ようやく着いた三神食堂の格子戸を開けると、十時に閉店している店内では、父が厨房で明日の料理の下ごしらえをしていた。

「お父さん！」

「なんだ、ただいまも言わずに」

父は顔を上げ、真琴がキジトラを抱いているのを見て表情が険しくなる。

「どうした？」

「さっきそこで通り魔に遭って！　この子が私を助けてくれたの！　でも、そのときに前足を切られてしまって」

真琴はショートブーツを脱ぎ捨てて廊下に上がり、和室に入った。座布団の上にそっとキジトラを寝かせる。ハンカチに血の染みが広がっていて、キジトラは目を閉じたままうなり声を上げた。

真琴はハンカチの上から傷口を押さえ、逆の手でボディバッグからスマホを出した。ブラウザアプリで動物病院を検索し、表示された病院の一覧から、夜間診てくれる病院を探す。

「ここもダメ。ここも……」

必死で画面をスクロールしていたら、真人がキジトラの横に膝をついた。真琴がハンカチから手を放し、真人が傷の状態を見る。

「獣医に診せる必要はない」

「ダメだよ、ちゃんとお医者さんに診せないと！　私を助けてくれたのに、死んじゃったらどうするの！」

真琴は必死の表情で父を見た。父は首を左右に振る。

「獣医には治せない」

「えっ、死んじゃうってこと!?　もう手遅れなの!?」

真琴は目の奥がじわっと熱くなるのを感じた。

「心配するな。うちで一晩寝かせておけば大丈夫だ」

「でも、お父さん、さっき獣医には治せないって言ってたじゃない！」

真琴が大きな声を出し、猫がうっすらと目を開けた。そうして口元を歪め、不快そうな鳴き声を出す。真琴の大声がうるさいとでも言いたげだ。いつもの高飛車な仕草に、ほんの少し安堵する。

「本当に……寝かせておけば大丈夫なの……？」

「ああ。彼の治癒能力を信用しろ」

「猫ってそんなに治癒能力高かったっけ？　っていうか、この子、オスだったの……？」

つい猫のお尻を見ようとしてしまい、キジトラが丸めた左手を伸ばして真琴の鼻先に軽く触れた。見るなと言いたげな猫パンチを受けて、真琴は胸の前で小さく両手を挙げる。

「ごめん。手当をするね」

真琴はキジトラをそっと抱えて洗面所に運んだ。ぬるま湯を出して傷口を丁寧に洗う。血を流すと、神社の前で見たときよりも、傷口が小さくなっているような気がした。

「って、そんなわけないか。暗かったから、ひどい傷に見えたのかな」

真琴は思ったよりも傷が浅かったことにホッとしながら、ガーゼを当てて包帯を巻いた。

「お父さんはあんなことを言ってたけど、明日になったらお医者さんに行って診てもらおうね」

猫は「ブニャア」と不満そうな鳴き声を上げた。医者は嫌だとでも言っているみたいだ。

「そんなこと言わないの」

真琴はキジトラに言い聞かせながら、二階の部屋に運んだ。鞠絵はもう二段ベッドの上段で静かな寝息を立てている。

「心配だから今日はここで休んでね」

真琴は段ボール箱にタオルを敷いてキジトラをそっと寝かせた。それをベッドの足元に置く。

「おやすみ」

真琴はキジトラが目を閉じるのを確認し、静かに部屋のドアを閉めて一階に下りた。父は下ごしらえを終えたらしく、店の床をモップで掃いていた。

「交番に行ってくる」

真琴の言葉を聞いて父は顔をしかめた。

「夜に外に出るのは危険だ。電話にしておきなさい。榎本さんが交番の電話番号を教えてくれているから」

「そうする」

通り魔の不気味に血走った目を思い出し、真琴は身震いをした。

素直に返事をして和室に入り、電話台の横にある電話番号一覧のメモを見た。商店街の各店舗の電話番号の下に、福木町駅前交番の電話番号が手書きで追加されている。

真琴は受話器を取り上げ、番号をプッシュした。


交番に電話して榎本に連絡すると、榎本が三神食堂に来てくれた。そこで状況を説明したのだが、神社の辺りは防犯カメラがなく、犯人が映っている可能性は低いという話だった。

榎本が帰ってからベッドに入ったものの、真琴は目が冴えてなかなか寝つけなかった。寝返りを打ったり、ベッドから身を乗り出してキジトラが寝ているのを確認したり……。そんなことをしているうちに、いつの間にか寝てしまったらしい。翌朝、鞠絵のスマホのアラーム音で目を覚ました真琴は、ぼんやりしたまま目をこすりながらベッドに起き上がった。

「お姉ちゃん、おはよう～。なぁに、この段ボール」

梯子を下りてきた妹に声をかけられた瞬間、眠気が吹き飛んだ。

「キジトラちゃん！」

真琴は段ボールに飛びついたが、そこには白いタオルが入っているだけだった。

「あんな大怪我をしてたのに、どこに行ったの!?」

真琴は部屋を飛び出し、階段を駆け下りた。引き戸を開けると、食堂から抑えた話し声が聞こえてくる。

「……あれは髪切りでも黒髪切りでもない。人間だ」

誰か人がいるらしいが、朝は営業していないから客ではないはずだ。

真琴は気にせず暖簾から顔を出し、厨房に父の姿を見つけて声をかける。

「お父さん、キジトラちゃんを見なかった？」

真人は視線で店内を示した。

「……そこで朝食を食べている」

真琴は顔を店内に向けた。カウンターでは、紺色のシャツにベージュのカーディガン、グレーのスラックスという、真人の服でも借りたような恰好の光牙が、いつもの席に座って味噌汁を飲んでいた。

真琴は探偵がこんな時間から三神食堂に入り浸っていることに内心呆れつつ、礼儀として挨拶をする。

「おはようございます」

そしてすぐに店のテーブルの下を覗いた。

「キジトラちゃ～ん」

声をかけながら店内を探す。だが、キジトラの姿はどこにもない。

「お父さん、キジトラちゃんがいないんだけど。もしかして、もう帰っちゃった？」

顔を上げた真琴は、箸を動かす光牙の右腕に目を留めた。シャツとカーディガンの袖口から、手の甲まで巻かれた白い包帯が見える。

「怪我したの？」

「ちょっとドジを踏んだ」

「包帯、ちゃんと隠しておいたら？　ヘッポコ探偵だって知られたら信用失うよ」

真琴のトゲのある言葉を聞いて、光牙はおもしろがるような表情になった。

「〝キジトラちゃん〟には優しい声をかけるのに、俺の心配はしないんだな」

真琴は腰に両手を当てて、光牙を見た。

「だって、キジトラちゃんは私を助けてくれたもの。でも、あなたは朝からうちでタダ飯を食べてるだけでしょ」

「真琴、口を慎みなさい。しかも、まだパジャマじゃないか。そんな恰好でお客様の前に出るな」

真人が厳しい声で呼びかけ、真琴は頬を膨らませた。

「でも、キジトラちゃんがいないんだもん」

真琴は「キジトラちゃ〜ん」と呼びかけながら、なおもテーブルの下を覗き込んだ。光牙がくっくと笑い声を立てる。

「〝キジトラちゃん〟は今はいない」

「そんな……あんなひどい怪我をしてたのに」

真琴は青い顔を上げた。

「怪我はたいしたことはない」

光牙が軽い調子で言い、真琴は彼を睨んだ。

「どうしてあなたにそんなことがわかるの!?」

光牙は弧を描く口元を左手で隠しながら言う。

「ゆっくり眠ってすっかり元気になった。うまい朝食も食べたしな」

「本当なの？」

真琴は光牙の言葉が信じられず、真人を見た。父は大きく頷く。

「光牙さんが言うんだ。間違いない」

「そう？　本当に大丈夫ならそれでいいんだけど……」

キジトラが元気になったことは嬉しいが、助けてくれたお礼を言う前に帰ってしまった。

そのことを真琴は少し寂しく感じた。


その日の昼の営業時間が始まる直前、店の格子戸が開いた。真琴はいつもの通り光牙かと思ったが、入ってきたのは智孝だった。急いで来たらしく、息が上がっている。

「どうしたの、井川くん。土曜日の昼にうちに来るなんて珍しい」

智孝は呼吸を落ち着かせてから言葉を発した。

「いや、午前中に榎本さんから各自治会に連絡があって、三神が通り魔に襲われたって聞いたんや。大丈夫やったんか？」

智孝は真琴の頭に視線を向けた。真琴は横を向いて、いつもの通り後頭部でまとめた長い髪を見せる。

「うん。危なかったけど、キジトラちゃんが助けてくれた。〝ちゃん〟じゃなくて〝くん〟だったみたいだけど」

「そうか、無事でよかったよ……」

智孝は大きく息を吐き、安心して力が抜けたようにカウンター席に座り込んだ。

「それで、三神、犯人の顔を見たんやって？」

智孝に訊かれて、真琴は驚いて首を横に振る。

「見てないよ」

「えっ、ほんまに？　自治会から青年部を通して聞いた話やと、三神が顔を見たからモンタージュを作ったって」

「それはちょっと言い過ぎ。身長とか体つきとか、そういうのを説明しただけだよ。目出し帽を被ってたし、キジトラちゃんが脱がそうとしたけど、暗かったからよく見えなかった」

真琴は厨房で智孝のためにお茶を淹れ、カリカリ煮干しを小皿に取った。

「そうかぁ……。しかし、商店街の近くで事件があったとなると……不安がって商店街に来る人が減りそうやな」

智孝の前に湯飲みと小皿を置いた瞬間、後ろから伸びてきた手が小皿の上のカリカリ煮干しを全部摑んだ。

「ただでさえ客足が減っているのにな」

そう言ってカリカリ煮干しを口に入れたのは、光牙である。

「光牙さん！　なんで井川くんのを食べちゃうのよっ」

「それは俺のだと言ったはずだ」

真琴は頰を膨らませ、智孝は苦笑した。

「よっぽど気に入ってるんですね」

「ああ」

光牙はカウンターの隅の席に座りながら、「いつも通り」と注文をした。

「〝いつも通り〟一つ」

真琴は呆れ交じりの声で厨房の父に伝えてから、智孝を見る。

「井川くんは？」

「俺は肉定食」

真琴は注文をメモして同じように厨房に声をかけた。真琴が厨房に戻ると、真人はすでに光牙の料理を準備していた。

今日の魚定食はアジのフライ、厚揚げと根菜の煮物、マカロニポテトサラダ、青梗菜《ちんげんさい》とちくわのおかか和え、それに真琴が作った豆腐とワカメの味噌汁だ。光牙にはいつも通り、これに出汁巻き卵とカリカリ煮干しがプラスされる。真琴はお盆を光牙の前に運んだ。

「ごゆっくりどうぞ」

すぐに厨房に戻り、智孝のために味噌汁をよそう。隣では真人が、マカロニポテトサラダとキャベツの載った皿に、できあがった豚の生姜焼きを盛った。それと一緒に白ご飯、味噌汁、厚揚げと根菜の煮物をお盆に載せて、智孝の前に運んだ。

「お待たせしました」

「ありがとう。うまそうやな。いただきます」

智孝は手を合わせて箸を取り上げた。彼が味噌汁を飲むのを見ながら、真琴は考えていたことを言葉にする。

「ねえ、私が囮《おとり》になって夜の町を一人で歩くっていうのはどうかな？」

「ぶっ」

智孝は味噌汁を噴き出しそうになり、椀を下ろして右手の甲で口元を拭った。

「いくら三神でも危険や。相手はハサミを持ってるし、取り押さえようとして万一怪我を負わされたら大変や」

「でも、榎本さんの口ぶりだと防犯カメラにも映ってないから、捜査は難航しそうだって」

「まあ……それはそうみたいやけど……」

智孝は迷うように目を動かした。真琴は光牙に視線を送りながら言う。

「ちょうどあそこに探偵さんがいるし。私が囮になっている間、彼に警護してもらったらいいと思うの」

二人の会話に、厨房でまな板を洗っていた真人が言葉を挟む。

「やめなさい。光牙さんを雇っているのは、真琴の探偵ごっこに付き合ってもらうためじゃない」

父の厳しい声を聞いて、真琴は肩をすくめた。

「はいはい。商店街の経営改善策を探ってもらうためだったよね」

その真琴の言葉に答えたのは、真人ではなく光牙だった。

「違う。商店街を赤字に陥れた原因を調査している」

「一緒じゃないの？」

「いや……ちょっと違うんちゃうかな」

そう言った智孝に真琴は向き直る。

「じゃあ、私、夜警を手伝う」

「それもやめなさい。また夜警の帰りに襲われたらどうする」

真人に厳しい口調で言われて、真琴は唇をキュッと結んだ。

「それに、出歩く若い女性がいなければ、通り魔もこの辺りに来なくなるかもしれへんしな」

智孝の言葉を聞いて、真琴は自分が夜、外に出ることが却って迷惑になるかもしれないのだ、と気づいた。

「わかった」

珍しく素直な真琴の返事を聞いて、真人はわずかに目を大きくした。

その日の夕方、真琴は大学の図書館から帰ってくる鞠絵を迎えに駅に行った。ちょうど下りの電車が到着し、年配の男女が改札から出てきた。けれど、その二人だけで、しばらく待っても、鞠絵はホームから降りてこない。

（おかしいなぁ）

バッグからスマホを出して画面を見ると、鞠絵からメッセージが届いていた。

【乗換駅で電車に乗り遅れちゃった！　一本遅くなります】

歩いている間に届いたから、メッセージの受信音に気づかなかったようだ。

真琴はスマホをバッグに戻し、改札前にある時刻表を見上げた。次の電車が到着するのは二十分後だ。いったん帰宅したら間に合わなくなる。二十分ここで待つことにして、缶コーヒーを買いに階段を下りた。自動販売機の前に立ったとき、ふと視線を感じた。左側を見ると、駐輪場の入口に立ってこちらを見ている男性がいる。カーキのジャケットにデニムパンツというカジュアルな恰好で、黒のニット帽を目深に被り、同色のネックウォーマーをしていた。

「すみません」

男性がくぐもった声で真琴に呼びかけた。

「はい？」

「道を教えてほしいんですが」

「どちらへ行かれるんですか？」

「ここです」

男性が両手に持っていた地図を持ち上げるので、真琴は彼に近づいた。

「どこですか？」

地図を覗き込んだ瞬間、右肘を摑まれ、右の脇腹に尖ったものを押し当てられた。驚いて男の顔を見たら、ニット帽の陰からぎょろっとした目が覗いている。

「あ、あなたっ」

真琴が声を上げたとき、脇腹にチクッと痛みが走った。

「声を出したら刺す」

視線を下げると、男が銀色のハサミを真琴の脇腹に押しつけているのが見えた。大きくて重そうな布切りバサミ。キジトラを傷つけたあのハサミだ。

「大人しくついてこい」

男の血走った目と押し殺した声、それに脇腹の固く尖った感触に、恐怖が背筋を這い上がる。真琴は震える声を抑えて言葉を発した。

「なにが目的なの？」

「黙ってついてこい」

男は真琴の脇腹にハサミを押し当て、左腰に手を回した。男に体をピタリと寄せられ、恐怖に腹立ちと気持ち悪さが混じる。

「さっさと歩け」

ハサミをぐっと押しつけられ、脇腹の痛みが強くなった。背中を押されて、真琴はやむにやまれず足を前に出す。

「こっちだ」

ハサミで脅され、真琴は駅の高架沿いに西へ進み、駐輪場を通り過ぎた。このままだとコインパーキングに着く。誰かいないか周囲に目を走らせたが、夕食前のこの時間、店も住宅もないこの辺りに人影はない。

「どこに行くの？」

男は返事をしなかった。コインパーキングには軽自動車が一台駐まっていたが、人どころか猫一匹いない。隙を見て逃げ出したいが、脇腹にはハサミの切っ先が押しつけられていて、歩くたびに鋭い痛みを感じる。抵抗したいが、胸ぐらを摑もうとした瞬間に刺されるかもしれない。その恐怖に負けて、真琴は大人しく歩き続けた。

やがてコインパーキングを過ぎ、高架下はフェンスで囲まれた空き地になった。

「入れ」

男はフェンスが破れた箇所を示した。人が楽に通り抜けられる大きさで、あらかじめ男が切っておいたのか、ワイヤーの切れ目は真新しかった。

「嫌」

真琴は足を踏ん張った。だが、脇腹をハサミの切っ先で突かれ、背中を押されて、男と一緒に破れ目から空き地に入る。

「動くなよ」

男は真琴の背中にハサミを押し当て、肩を摑んだかと思うと、真琴の体をコンクリートの支柱に押しつけた。冷たい壁が頬に触れ、真琴は首を捻って後ろを見る。男はいつの間にかニット帽を引き下ろしていた。それは昨晩見たのと同じ、目出し帽だった。なぜ警戒せずにこの男に近づいたのか。真琴は悔しくてたまらず、唇を強く嚙みしめた。

「俺の顔、見たよな？」

男が耳元で囁いた。

「えっ？」

「気の毒にな。あの猫のせいでおまえは俺の顔を見てしまった。あの猫が邪魔しなければ、おまえは髪を失うだけで済んだのに」

「まさか……私を殺す気!?」

喉がカラカラになって、真琴は声がかすれた。

「俺だって大事にはしたくないんだ」

男は体を押しつけ、真琴の頰をハサミの刃で軽く叩いた。

「人殺しまでは考えてなかった。だから、口を封じるんじゃなく、俺を見ても俺だとわからなくすればいいって思ったんだ」

　ハサミの刃先が頬の上を滑り、目尻に触れる。

「きれいな目なのに潰すなんてかわいそうだけど……恨むんならあの猫を恨め」

「嫌ぁっ」

　真琴は目をつぶって額をコンクリートに押しつけた。直後、男が「ぎゃっ」と声を上げる。

「なにしやがるっ。やめろ！」

　肩を掴む男の力が緩み、真琴は体をさっと反転させた。両腕で顔をかばいながら見ると、ハサミを持った男の腕にキジトラがしがみついている。

「キジトラちゃん！」

　男は猫を落とそうと、腕を振り回した。それでもキジトラは腕を放そうとしない。

「この野郎っ」

　男がハサミを左手に持ち替えて振り上げた。

「危ないっ！」

　真琴は男の左腕に飛びつこうとしたが、男にハサミの刃を向けられ、とっさに飛び退いた。その瞬間、背中を、反動で後頭部をコンクリートの支柱に強くぶつけた。

「あっ」

　鈍い音がして、刹那、息が止まり、頭がクラクラした。ぼんやりと歪む視界の中、男がキジトラを地面に叩き落とそうとしているのが見える。

（助けなくちゃ……）

真琴はよろけながらも男の背中に体当たりを食らわせた。

「うわっ」

男が大きな音を立てて顔面からフェンスに突っ込んだ。真琴はその場に膝をついて顔を上げる。男は切れていたワイヤーにジャケットの袖が引っかかったらしく、悪態をつきながら袖を引っ張っていた。

（しっかり……しなくちゃ）

薄れゆく意識の中、真琴は必死で手を動かしてバッグを開け、スマホを掴む。〝緊急通報〟ボタンをタップした直後、目の前が黒一色に染まった……。


「大丈夫ですか？」

女性の声がした直後、頬にざらざらした湿ったものが触れ、真琴はゆっくりと目を開けた。視界がぼんやりしていて、瞬きをすると、自分が地面に横向きに倒れているのに気づいた。

「気がつかれましたね」

声のする方を見ると、制服を着た女性警官が心配顔で片膝をついていた。

「私……？」

再びざらついた湿ったものが頰を撫でた。なんだろうと思って顔を向けたら、真琴の肩の上からキジトラがひらりと着地した。

「ニャーオ」

心配そうに鳴き声を上げて、真琴の頰をぺろりと舐めた。

「キジトラちゃん……」

真琴はゆっくりと上体を起こしてその場に座った。

「頭を打って倒れていたようです。頭痛や吐き気はありませんか？」

同い年くらいの女性警官にキビキビした口調で問われ、真琴は後頭部を触った。こぶができていて触ると痛いが、それ以外は特に異常は感じない。

「大丈夫、です」

答えてから、ハッと目を見開いた。

「あいつは⁉」

周囲を見回すと、フェンスの向こうにパトカーが二台停まっていて、黒いニット帽の男が前のパトカーの後部座席に押し込まれるところだった。

「お手柄ですね。あなたが通報してくれたおかげで、通り魔を逮捕することができました」

女性警官に言われて、真琴は瞬きをした。緊急通報ボタンをタップして一一〇を押そうとしたところまでは覚えているが、実際に通報したかどうかは記憶にない。

「私……通報したんですか？」

「え？」

女性警官は怪訝そうな表情になった。

「あの、頭を打ったせいか、はっきりとは覚えてなくて」

「自分の名前は言えますか？」

「はい。三神真琴です」

「通報した方も、そう名乗っていましたよ」

意識を失いかけながらも、通報したということだろうか。首を捻る真琴に、女性警官が尋ねる。

「このあと、署で事情を聴かせていただきたいんですが、先に病院に行きますか？」

真琴はゆっくりと立ち上がった。普通に立てるし歩けるし、診察してもらう必要はなさそうだ。

「病院には行かなくて大丈夫です」

「では、こちらに来てください」

女性警官が歩き出した。真琴は「ちょっと待ってください」と断って、キジトラの前にしゃがんだ。キジトラはいつものように澄ました表情で前足を揃えて座っている。その右足に傷跡はない。

「キジトラちゃん、怪我は大丈夫なの？」

猫はひょいとフェンスに飛び乗り、長い尻尾を大きく振った。その機敏な動きに怪我の影響は感じられない。

「大丈夫みたいだね。キジトラちゃん、助けてくれてありがとう！　今度、猫缶をごちそうするから」

猫はフェンスの上で「ニャア」と一声鳴くと、ひらりと跳んで姿を消した。

それから真琴は警察署で事情を聴かれ、解放されたときには外はすっかり暗くなっていた。この時間、路線バスは運行していない。通り魔事件の犯人は逮捕されたとはいえ、暗い夜道を一人で帰るのは不安だ。かといって、父には迎えを頼みにくいし、鞠絵や母に来てもらうのも、同じ女性として心配だ。

（一人で帰るしかないか……）

警察署のドアを出たとき、横の壁に光牙が腕を組んでもたれて立っていた。

「光牙さんも警察署に用事？」

真琴の問いかけに、光牙は首を横に振って背中を壁から起こす。

「いや。三神食堂に行くついでに、おまえを送ろうと思って」

光牙の返事を聞いて、真琴は眉間にしわを寄せながら彼を見上げた。

「どうして私がここにいるって知ってるの？　お父さんに聞いたの？」

「いや。おまえが犯人の顔を見たらしいって噂になっていたから、狙われるかもしれないと思ってな。後をつけていたんだ」

「じゃあ、あなたは私が襲われるのをただ見てたってわけ!?」

言いながら、真琴は腹立ちでムカムカしてくるのを感じた。

「ちゃんと助けただろ」

「助けてくれたのはキジトラちゃんだったよっ」

光牙は右手の人差し指で頬を掻いた。

「まあ……そうだな」

真琴はくるりと方向転換し、警察署の前の段差を下りた。そのままずんずん歩き出したものの、聴取を受けている間、気になっていたことを思い出した。光牙なら知っているかもしれないと思い、足を止めて振り返る。

「ねえ」

下を向いて後ろを歩いていた光牙が、顔を上げた。

「なんだ?」

「犯人の男は切れたワイヤーで両手をフェンスに拘束されてたそうなんだけど、それ、私がやったの?」

「警察官がそう言ったのなら、そうなんだろ」

光牙の返事はそっけなかった。

「でも、私、覚えてなくて。犯人に体当たりをしたとき、男のジャケットがワイヤーに引っかかるのは見たんだけど。それに、通報してちゃんと状況を説明してたそうなんだけど、それも記憶がないんだよね。あなた、私の後をつけてたのに、見てないの？」

「……見てない」

光牙は真琴に並んで空を見上げた。真琴は同じように顔を夜空に向ける。

「キジトラちゃんなら知ってるんだろうなぁ。キジトラちゃんがしゃべれたらいいのに」

「しゃべったらどうする？」

問われて真琴は光牙の顔を見た。彼は真顔だ。

「あの子は賢くてかなり意思疎通はできるけど、そもそも猫がしゃべるわけないでしょ。井川くんは光牙さんのことを『意外とおもろい』って言ってたけど、その冗談、ぜんぜん笑えない」

真琴は右手を軽く振って続ける。

「キジトラちゃんが犯人をフェンスに拘束できるわけがないし、やっぱり私がやったんだよね。火事場のなんとかってやつだったのかな」

真琴は歩き出しながら、光牙に尋ねる。

「それより、キジトラちゃんがどこに行ったか知らない？」

「さあな」

「それも見てないのね。あの子、いつもすぐどこかに行っちゃうんだ。でも、きっと神社に行けば会えるよね。今度会ったらお礼をしなくちゃ」

光牙は少し目を丸くしてから、口元を緩めた。

「礼はカリカリ煮干しでいいぞ」

「あなたじゃなくて、キジトラちゃんへのお礼の話」

真琴は横目で光牙を睨んだ。光牙は無言で軽く肩をすくめる。

警察署の敷地を出て、真琴は駅に向かって歩き始めた。幹線道路沿いで、バスで一駅の距離とはいえ、車通りも人通りも少なく、一人だと心細い。

真琴はチラッと光牙を見た。

(一緒に帰ってくれるだけ……ありがたいかな)

通り魔に襲われたときに、彼がキジトラに助けを任せたことは腹立たしいが、無事だったのだ。真琴は気持ちを切り替え、咳払いをして光牙に話しかける。

「父に頼まれて、商店街が赤字になった原因を調べてるって言ってたけど……なにかわかった？」

「疑わしい原因はいくつかあったんだが、今のところ決定打に欠ける。今回の通り魔事件も商店街に打撃を与えるためのものかと思ったが、違ったようだ」

光牙の話を聞いて、真琴は怪訝な顔をする。

「それって、つまり誰かが商店街をわざと寂れさせようとしてるってこと？」

光牙はなにも言わず軽く肩をすくめた。真琴は思いついたことを言葉にする。

「商店街を寂れさせてメリットがあるのって、郊外の大型スーパーくらいしか思いつかない。でも、大型スーパーなら、なにもしなくても集客力では商店街に余裕で勝てそうだし」

「普通とは違う力が働いている気がする」

光牙が抑えた口調で言った。

「〝普通とは違う力〟って……政治的影響力とか？」

「それも違う」

「じゃあ、なに？」

「まだ確信がないから言えない」

「あ、そう。依頼主の娘でも守秘義務があるってわけ」

真琴はおもしろくない気分でつぶやいた。会話が途切れ、無言で歩いているうちに商店街に入り、三神食堂が見えてきた。

「今日はカリカリ煮干しは作ってないけど」

「構わない」

店の前に到着し、光牙が格子戸を開けた。真琴は「ありがとう」と言って先に入った。

店内の席は半分ほど埋まっている。

「お、真琴ちゃん、デートやったん？」

年配の男性客に笑いながら声をかけられた。真琴は彼がこういう冗談が好きだったことを思い出し、同じように笑って答える。

「残念ながら違いま～す」

光牙がカウンターの隅の席に座り、真琴は厨房を覗いた。ただいま、と言うより早く、真人が駆け寄ってきて真琴の両の二の腕をギュッと摑む。

「怪我はないのか⁉」

見たことがないくらい必死の形相をしていて、真琴は驚いて目を見開いた。

「え、あ、うん。この通り。頭にこぶができたけど、あとは平気」

真人は真琴の二の腕を摑んだまま、大きく息を吐き出した。

「まったくおまえは心配ばかりかける」

真人は真琴の腕を放して、ふいっと顔を背け、ぶっきらぼうな口調で尋ねる。

「それで、今日はアルバイトをするのか、しないのか」

光牙にお茶を運んだ静絵が、戻ってきて言葉を挟む。

「今日はお休みにしていいんじゃない？　ねぇ、真琴」

静絵は気遣わしげな表情だったが、真琴は首を横に振った。一人でいるよりも、仕事をしている方が気が紛れそうだ。

「平気だから手伝わせて」

「でも、やっぱり……」

心配そうな母を横目に、真琴は父に声をかける。

「いいよね、お父さん？」

「……勝手にしろ」

そう言った真人の肩がかすかに震えていて、真琴は不思議に思って父の顔を覗き込んだ。

「どうかした？」

「なんでもない。タマネギが目に染みただけだ」

真人は左の手のひらでぐいっと目元を拭った。


その後、榎本から、犯人はあるオフィスビルで働く三十一歳の清掃業の男だったと知らされた。いくらきれいに掃除をしても誰にも感謝されなかったのに、ある日、ロングヘアの女性に『いつもありがとうございます』と会釈され、一方的に想いを寄せるようになった。一大決心して告白したが、『恋人がいる』と断られた。諦めきれずに悶々としていたところ、女性が端整な顔立ちの男性と一緒に帰るのを目撃し、男性が女性のきれいな髪を愛おしそうに撫でたことに、狂おしいほどの嫉妬を覚えたのだという。

『彼女の髪が長くて美しいから、あの男は彼女のことが好きなのではないか。俺なら、髪が短くなっても美しくなくなっても、彼女を好きでいる自信がある』

そんな歪んだ思いを募らせ、夜道で彼女を襲って髪を切った。万が一にも自分が疑われないようにと、連続通り魔事件に見せかけるため、ほかの女性の髪も切ったのだそうだ。同じ理由で真琴を襲おうとしたが、猫に目出し帽をめくられ、顔を見られたと思い込み、再度真琴を襲ったと供述したらしい。

真琴は翌朝早く、キジトラに報告しようと、ネットショップで買った高級猫缶を持って、福猫えびす神社に向かった。通り魔事件が解決したのは、キジトラが真琴を助けてくれたおかげだからだ。彼が男に飛びかかってくれなければ、真琴は大怪我を負わされていたかもしれないし、事件も解決しなかっただろう。

「キジトラちゃ〜ん」

真琴は石段を上りながら呼びかけた。

「どこかな〜？　おいしい猫缶を持ってきたよ〜」

この時間、境内にまだ人の姿はない。声をかけながら探し回っていたら、背後で砂利を踏む音がした。

「あ、キジトラちゃん？」

真琴は振り向いた瞬間、悲鳴を上げそうになった。今まで見たことがない生き物がいたからだ。浅黒い肌をした小柄な人間のようにも見えるが、目はぎょろぎょろと大きく、口は鳥のくちばしのように尖っている。手には長く太い指が二本しかなく、それが動いてシャキシャキとハサミの刃のような音を立てた。

(び、びっくりしたけど、着ぐるみだよね)

だが、こういう得体の知れない生き物の着ぐるみを着る人とは、あまりお近づきになりたくない。

さりげなく方向転換したとき、少し高めの男性の声に話しかけられた。

「あなたの髪、とてもきれいねぇ」

褒められたのだから無視をするわけにもいかず、真琴は引きつった顔でゆっくりと振り返った。

「ありがとうございます……」

「その髪、あたしに切らせてくれない？」

声の主は長く赤い舌を出して、くちばしのような口の周りをぺろりと舐めた。大きな目をらんらんと輝かせながら、指をシャキン、シャキンと鳴らす。

(人間じゃ……ない!?)

その異様な雰囲気に、真琴はじりっと後ろに下がった。同じようにソレが距離を詰めてくる。

「い……嫌」

真琴は恐怖に襲われ、足がもつれてその場に尻餅をついた。お尻を地面についたまま、懸命に足を動かして後ずさる。

「こんなに黒くてまっすぐできれいな髪、今どき珍しいわぁ。切りたい。欲しい」

真琴の背中がなにかにぶつかり、それ以上下がれなくなった。振り返ると、冷たい石灯籠がある。

「嫌ぁっ」

真琴は手に持っていた猫缶を、ソレの顔めがけて投げつけた。

「きゃっ、なにするの」

ソレは顔を守るように手を持ち上げ、指に当たった猫缶が耳障りな金属音を立てた。猫缶はひしゃげて地面に落ちる。

「ひどいわ！　大切な商売道具になにしてくれるのよっ」

ソレは怒りで目をたぎらせ、真琴のすぐ前に迫った。ハサミの手で真琴の束ねた髪を持ち上げる。

「ひ……」

悲鳴を上げたいが、真琴の喉はかすれたような音を零しただけだった。

「あたし、近頃いろいろあって、ず〜っと腹の虫がおさまらないのよねぇ。文句を言いに来たのに誰もいないし。腹いせみたいで悪いけど、あなたの髪、もらっちゃうわね」

ソレがハサミのように指を広げて髪を挟んだ瞬間、どこから来たのか、目の前に光牙が現れ、ハサミのような手を摑んだ。

「こ、光牙さん」

真琴は安堵のあまり目に涙が滲んだ。

「この娘に手を出すな」

光牙が強い口調で言った。その浅黒い肌の生き物は光牙を見上げ、おかしそうにクスクスと笑う。

「あ〜ら、やっと出てきた。そんなに怒るなんて、この子、あなたの大切な子？」

「三神の血筋の者だ」

またた、と真琴は思った。

三神家と光牙の間にはいったいどんなつながりがあるのだろうか。

その生き物は「ふん」と鼻を鳴らした。

「そんなこと、あたしには関係ないわ。あたし、今、ものすご〜く怒ってるの。あなたに対してね！　どこかのバカが起こした通り魔事件を、あたしの仕業じゃないかって嗅ぎ回ってくれたでしょ？　おかげで、あたし、あやかり仲間の間で信用ガタ落ちなのよ。人間と一緒に暮らすために、もう悪さはしないって誓いを立てたのに！」

ソレは自由な方の手を振り回した。真琴は悲鳴を上げたが、光牙は平然としている。

「悪かったな。ちょっとアリバイを調べただけだったんだが」

「『悪かった』では済ませられないの！　フクネコが嗅ぎ回ったら、みんな怪しむじゃないのっ」

光牙の名字はフクネコではなくフクネだ、とこんな状況なのに真琴は頭の片隅で思った。

ソレはハサミの手で真琴を示す。

「おまけに、この子ったらあたしの大事な手を傷つけようとしたのよ。もう踏んだり蹴ったり！」

光牙は落ちている猫缶にチラッと視線を送ったが、すぐに目の前のソレを睨みつける。

その生き物は物欲しそうな目で真琴の髪を見た。

「この子の髪を切らせて」

「この地に……現世《うつしよ》にいられなくなってもいいのか？」

「あたしを脅すのね」

ソレは口元を歪ませて悔しそうな表情をする。

「フクネコなら、〝髪切り〟一人くらい敵に回しても怖くないんでしょうね」

ソレと光牙は睨み合った。真琴は腰を抜かしたまま、彼らを交互に見る。

執念深そうなソレの目つきを見て、光牙は自分の髪を摑んだ。

「俺の髪で怒りを収める気はないか？」

肩より少し長い彼の髪を見て、ソレは思案するように腕を組む。

「そうねぇ……。まあまあの長さだし、艶があってきれいだし……」

「なによりフクネコの髪だ」

ソレはニヤーッと笑った。

「いいわね。あたしの名前に箔がつきそう。じゃ、そこに座って」

ソレは鳥居に続く石段を示し、舌なめずりをして、指をシャキシャキと鳴らす。

本当に髪を切るだけなのか？

「光牙さん」

真琴は心配のあまり彼の名を呼んだ。

「大丈夫だ」

光牙は一度頷き、一番上の段に腰を下ろした。ソレは彼の横に立ち、嬉しそうに指で金属音を立てる。

「腕が鳴るわ〜。がらりとイメージを変えて今風のイケメンにしてあげるわねっ！」

真琴が不安なまま見ているうちに、ソレは鮮やかとしか言いようのない手さばきで、光牙の髪を切っていく。しばらくしてできあがったのは、恋愛ドラマに出てくるクールな男性を思わせる、少し長めの無造作ヘアだった。光牙の雰囲気にも合っていて、真琴は思わず感嘆のため息をついた。

ソレはカットした髪を拾い上げて目尻を下げる。

「ああ、嬉しい。御利益《ごりやく》がありそうだわ。もらっておくわね。それから、あなた」

ソレは尻餅をついたままの真琴を見て、ゆっくりと歩み寄る。

「こ、来ないで」

真琴は思わず石灯籠にしがみついた。

「おい」

光牙が立ち上がって声をかけ、ソレは「あっ」と小さく声を発した。

「この恰好じゃやっぱり怖いのかしら」

ソレは足を止めて、「ちょっと時間がかかるのよねぇ」とぶつぶつ言いながら、手でくちばしを触り始めた。そうしているうちにくちばしが小さくなり、やがて引っ込んで人間の口の形になった。かと思うと、ソレは黒いシャツと細身の黒いパンツを着た人間の姿になった。三十代半ばくらいの長身の男性で、長めの茶髪をおしゃれにふわっと横に流し、耳にはいくつもピアスをつけている。シャツの胸元からはシルバーのネックレスが覗いていた。

「ええっ⁉」

真琴は目をごしごしとこすった。さっきまで人ではなかったその男性は、胸ポケットからシルバーの名刺入れを取り出し、一枚抜いて真琴に差し出した。

「あたし、大阪市の難波《なんば》で美容師をやってるの。〝Hair Studio K〟って名前のヘアサロンよ。次、髪を切るときは絶対うちに来て。そして、あたしを……トップスタイリストのケイを指名してね。あなたなら、いくら予約が詰まっていても優先させるから！」

ケイと名乗ったその男性は、真琴の手のひらに名刺を押しつけた。その四角い紙には、彼が言った通り、トップスタイリスト・ケイという文字と、ヘアサロンの名前、住所と電話番号が印字されている。

「それじゃあね」

ケイはウインクをして石段に向かった。長い脚で優雅に石段を下りるその姿は、スタイリッシュな美容師にしか見えない。

真琴はぽかんと口を開けたまま、男性の後ろ姿を見送った。

「いつまでそうやってる？」

真琴は瞬きをして光牙を見た。彼が右手を差し出し、真琴はそれに摑まって立ち上がった。

「ありがとう。ねえ、さっきのあれ……あの人……はいったいなんなの？」

光牙は慣れないのか、無造作にスタイリングされた髪を右手でいじりながら答える。

「トップスタイリストのケイだ」

「その前。そうなる前は人間じゃなかったよね？」

「妖怪・髪切りだ」

「妖怪……」

光牙は髪を触るのをやめて真琴を見た。

「前にも言った。人間は彼らにもののけや化け物、あやかしやあやかりなど、さまざまな呼称を与えた」

光牙の言葉を聞き、真琴は足元を見ながら考え込んだ。妖怪なんて今まで昔の人が考え出した架空の存在、昔話やアニメに出てくるだけの空想上の生き物だと思っていた。けれど、これまで周囲で起こったことを考えると、頭ごなしに否定することは……もうできない。

真琴はゆっくりと光牙を見た。

「私が通り魔に襲われかけた次の日、お父さんと『髪切りでも黒髪切りでもない』って話してたけど……〝髪切り〟ってその名の通り髪を切る妖怪なの？」

「そうだ。一番古い記録は江戸時代のものだが、髪切り自体はもっと昔から存在していた。

夜道を歩いている人間の髪をこっそり切り落とすという悪さをしていたんだ。世の中が発展して開発が進み、彼らが住みやすい場所がなくなってからは、ああやって人間の姿をして、人間に紛れて生活するようになった者もいる。好きな髪を堂々と切れるから、髪切りにとっては暮らしやすいかもしれないが」

「じゃあ、〝黒髪切り〟も同じ？」

「髪を切るという点では同じだが、黒髪切りはもっと荒っぽい。欲望のまま髪を食いちぎる」

　真琴は思わず身を震わせた。

「あなたは……この前の五体面とも吹き消し婆とも、さっきの髪切りとも、対等にやり合っていた。というより、向こうがあなたに一目置いてる感じだった。あなたはもしかして……マンガやアニメに出てくるような妖怪の退治屋なの？」

　我ながら非現実的な考えだと思ったが、ほかに思いつかなかった。

　光牙はふっと笑みを零す。

「おもしろい発想だが、妖怪退治はしない。この地の人々の生活を乱す者が現れたときにだけ、おまえたち人間に力を貸す」

「いったいあなたは何者なの？　妖怪の退治屋でないなら、霊能力者とか？」

　光牙は真琴を真顔で見た。

「神様だ」

まったく予想外の答えに、真琴はその場で固まった。

「妖怪がいるんだから、神様だっていてもいいだろ？」

光牙が涼しい顔で言い、真琴は眉を吊り上げる。

「ふざけないでっ。私が信じるとでも思ったの？　あなたはどこからどう見ても人間じゃないの。それとも、妖怪と対等に渡り合えるから、神様だとでも言うの？」

「どう思う？」

光牙の思わせぶりな表情を見て、真琴はからかわれているのだと思った。いら立ちをこらえて猫缶を拾い上げる。

「助けてくれてありがとう。これ、キジトラちゃんに渡しておいて」

猫缶を光牙の手のひらに押しつけ、彼に背を向けた。石段を下り始めたとき、光牙の声が追いかけてくる。

「せっかくだが、これはあまり好みではない」

「キジトラちゃんがそう言ったの？」

真琴は振り返って険のある目つきで光牙を見た。

「ニャア」

光牙が犬歯を覗かせてニヤッと笑った。〝そうだ〟と返事をするときのキジトラとそっくりの声を出され、真琴はそれならば、と大きく息を吸って口を動かす。

「ニャンニャャニャンニャーニャンニャニャニャニャンニャニャニャ、ニャッニャニャニャニャーニャ」

光牙が怪訝な顔をして首を傾げるので、真琴は急に恥ずかしくなった。

「〝人気ナンバーワンの猫缶だから、きっとおいしいよ〟って言ったの！」

彼の口元が弧を描くのを見て、真琴はパッと背を向け、赤い顔で石段を駆け下りた。

第五章「安易に女性を傷つけるのをやめてもらいたいのです」

その週の木曜日の夕方、真琴は三枚に卸《おろ》されたサバの身と向き合っていた。先程父が卸して塩を振ったものだ。

「よし」

意を決して静かに包丁を入れ、手前にすーっと引いて身を四等分する。前回は包丁をのこぎりのように前後に動かしたがために、切り口がぐちゃぐちゃになってしまった。

「できた」

真琴は左手の甲で額を拭った。すぐさま真人が指示を出す。

「次は身とアラを一緒にボウルに入れて熱湯を注ぐ。表面の色が白く変わったら、水に入れてぬめりや血合いの汚れを落とす」

父に説明された通り、真琴はサバの下ごしらえを続ける。夜のメニューに大阪の郷土料理〝船場汁《せんばじる》〟を出すため、それを手伝わされて――もとい教えてもらっているのだ。船場汁とはその名の通り、大阪の問屋街である船場で生まれた郷土料理で、サバの普通なら捨ててしまうアラまで余すところなく使う。逆にアラがなければ、いい出汁が出ない。

「それが終わったら、大根の皮を剥いて厚めの短冊切りにする。厚みが均等になるように」

言われた通りに大根を切ったら、水と昆布、下ごしらえをしたサバの身とアラと一緒に鍋に入れた。それを強火にかけて、沸騰するのを待つ。

「ねえ、お父さん」

真琴は父を見た。真人は鍋から視線を外さずに返事をする。

「なんだ？」

「光牙さんっていったい何者なの？」

真人は数秒口をつぐんでから、低い声で問う。

「光牙さんに訊いたことはあるのか？」

「うん。そうしたら神様だって答えた」

「真琴はどう思った？」

真琴は父から鍋に目を移した。鍋底から小さな泡が上り始める。

「びっくりするくらい足が速いし、身軽だし、普通の人とはちょっと違うかなとは感じるけど……。だからといって自分で自分のことを神様だって言うなんて、ちょっと危ない人としか思えない」

「危ない人か」

真人はつぶやいて真琴を見た。父の視線を感じて、真琴が顔を向けると、真人は重々しい表情で口を開く。

「父さんはな」

「うん」

「昔、彼に助けられたことがあるんだ」

「昔ってどのくらい？」

「小学一年生の頃だ」

真琴はぱちくりと瞬きをした。

「でも、光牙さんの方がお父さんよりずっと若いよね？」

「信じる信じないは真琴次第だ」

真琴は眉根を寄せて真人を見た。父が冗談を言うような人間ではないことは娘としてわかっているが、光牙が四十六年も前に小学一年生の父と会った——ましてや助けた——なんて話は、どうしても信じられない。

「光牙さんって……今いくつなの？」

「知らん」

真人は言って視線を鍋に戻した。

「沸騰してきたぞ。火を弱めなさい」

「あ、はい」

光牙の年齢のことはひとまず頭の中から追い出し、真琴は料理に意識を戻した。

「これでアクを取りなさい」

真人に玉じゃくしを渡されたが、それでアクをすくったとたん、ダメ出しを受ける。

「そんなに汁をすくったらもったいない。アクだけをすくうんだ」

「はい」

ようやくまともに味噌汁が作れるようになってきたとはいえ、船場汁はいきなりのレベルアップである。なんでこんな手の込んだ料理を私が、と言いたいのをこらえて、昆布を取り出し、大根に火が通るまで煮込む。

「味を見てから、塩と薄口醤油、酒で味を整える」

真琴は澄んだ汁を小皿に少し取った。口に含むと、青魚特有の脂とアラの旨味が利いているが、少し物足りなさを感じる。

「醤油は香りづけ程度でいい」

父のアドバイスを受けながら、調味料を加えて味を見た。自分では納得のいく味になったと思うが……最後は真人に味見をしてもらう。

「お父さん、どう？」

緊張しつつ見守る真琴の前で、真人は汁を口に含み、小皿を下ろした。

「……うむ。真琴にしては上出来だ」

「ほんと？」

「ああ、お客様に出せる」

「よかったぁ……」

真琴は大きく息を吐いて、冷蔵庫のドアにぐったりともたれた。

「サバを三枚に卸すところからできれば言うことないんだが」

「それは絶対に無理！」

真琴が即座に否定し、真人はため息をついた。そのとき、店の格子戸が開いて光牙が入ってくる。

「今日は一段といい匂いがするな」

「光牙さん、いらっしゃいませ。船場汁ですよ。真琴がほとんど作りました」

真人の言葉を聞いて、光牙は疑わしげな表情になる。

「真琴が？　それは食べられるのか？」

警戒するような視線を送られ、真琴は頬を膨らませた。

「そんなこと言うんだったら、食べなくていいです～」

「冗談だ」

光牙が声を出して笑い、真琴は目を丸くした。彼がそんなふうに笑ったのを見るのは初めてだ。

「サバは大好物なんだ。楽しみだ」

いつもの冷静な声に、ほんの少しワクワクした響きがあるのを聞き取り、真琴は機嫌を直した。

「注文はいつも通りでいいですね？」

「ああ」

真琴は船場汁を大きめの椀に盛り、生姜の絞り汁を少し落として、白髪ネギと柚子の皮の千切りを載せた。サバの身が入っているので、かなりのボリュームだ。船場汁と一緒に、小松菜とベーコンの炒め物、大阪白菜と厚揚げの煮物、出汁巻き卵とカリカリ煮干しをお盆に並べて、光牙の前に運んだ。

「お待たせしました」

光牙はいつもの通り、「いただきます」と手を合わせて箸を取った。真琴が見守っているのに気づいてか、船場汁からではなく出汁巻き卵から食べ始めた。

(意地悪)

真琴が唇を尖らせたとき、格子戸が開いて智孝が入ってきた。普段着ているワイシャツにスラックス、作業着のようなジップアップジャケットの上に、今日はダウンジャケットを重ねている。

「井川くん、こんばんは」

「おっす。今日はいつにも増してえ〜匂いがするな」

「でしょう？　魚定食は船場汁だよ」

「へえ。温まりそうやな。じゃあ、今日は魚定食にしよう」

智孝がダウンジャケットを脱ぎ、真琴は受け取ってハンガーラックにかけた。智孝はいつものカウンター席に座るのかと思いきや、壁際の二人掛けの席に着いた。ポケットからスマホを取り出し、画面を見てニヤけた顔になる。

「誰かと待ち合わせ？」

真琴は智孝の前に湯飲みを置いた。智孝はスマホの画面を見たまま答える。

「いや。でも、空いてるからここに座っても構へんやろ」

智孝に言われて、真琴は店内をぐるりと見渡した。彼の言う通り、今はまだ客は光牙しかいない。

「そうなんだよねぇ。最近、本当に景気が悪いみたいで」

いつも来てくれる工場勤務の男性たちも、奥さんに言われて三神食堂で飲む回数を減らすことになった、と話していた。

智孝は相づちを打つことなく、スマホをいじり始めた。

「なにしてるの？」

「ん～？」

智孝は生返事をしてスマホに文字を打ち込み、送信ボタンをタップしてから真琴を見た。その顔は得意げだ。

「どうしたの？」

「日曜日に久々に大学時代の友達に会《お》うてん。そしたらマッチングアプリでかわいい彼女ができた、なんて自慢されてな。それで、俺も始めたら、さっそく女の子と仲良くなったんや」

智孝が差し出したスマホの画面には、女性のプロフィールが表示されていた。〝マイコ〟というニックネームで、年齢は二十四歳。職業はエレベーターガールとあり、自己PRには〝田舎育ちであまり遊んだことがありません。大人の遊びをいっぱい教えてください。リードしてくれるステキな男性と出会いたいです！〟と書かれている。写真は小さな横顔のもので、それも頬に手を当てていた。肩より長い暗めのブラウンの髪は毛先を大きくカールさせていて、まつげはふさふさで目はぱっちりしている。写真を見る限り、愛らしい印象だ。

「今どきエレベーターガールって珍しいね。大手百貨店にでも勤めてるの？」

「そうやと思うで。おまけに、小柄でふんわりした雰囲気で、守ってあげたくなるタイプやねん」

「前に彼女が欲しいって言ってたけど……この子と付き合ってるの？」

「今はまだ友達や。メッセージをやりとりして、これからお互いのことを知っていくねん」

「そうなの。でも、最近、マッチングアプリで詐欺の被害に遭ったってニュースがあったけど、大丈夫？」

真琴の気遣わしげな声に、智孝は明るい声で答える。

「そんな心配なら無用やで。俺はマイコちゃんのプロフィールを見た瞬間、ビビッと来たんや。メッセージの内容も今どきないくらい素直で純朴やし、俺のことを慕ってくれてる。絶対え～子やで。スポーツ観戦とかバーベキューとか、これから俺がいろいろ楽しいことを教えてあげるんや」

　智孝は鼻の下を伸ばしてだらしない顔になった。友達としてはあまり見たくない表情だが、彼は恋人を欲しがっていた。

（井川くんが幸せになれるんなら、いっか）

　真琴は頬を緩めて、智孝の席から離れた。料理を智孝の前に運ぶと、智孝はそれをスマホで撮影した。マイコに送るつもりらしい。

「真琴、裏から瓶ビールを持ってきてくれ」

　父に声をかけられ、真琴は「はーい」と返事をして店の外に出た。店の裏に週に一度、酒屋がケース入りの瓶ビールを配達してくれているのだ。

「寒くなったなぁ」

　真琴はブルッと体を震わせて裏に回った。だが、黄色いケースはあるが、瓶ビールは一本も入っていない。

「あれ？」

　真琴は首を傾げながら店内に戻った。

「お父さん、ビールなかったよ」

　真人は鍋をかき混ぜる手を止めて真琴を見た。

「そんなはずはない。夕方、酒屋さんが来て『裏に置いたよ』と声をかけてくれたぞ」

「でも、空のケースがあっただけで、瓶は一本もなかった」

「おかしいな」

　商店街の酒屋とは、お互い代替わりしているものの、曾祖父母の代からの付き合いだ。今の店主は父の二歳年上で、同じ小学校と中学校に通った仲だ。そんな酒屋の店主が空のケースを配達するはずはない。

「まさか……盗まれたとか？」

　真琴のつぶやきを聞いて、真人の表情が険しくなった。

「そんなことは考えたくないが……今度からは店内に届けてもらうようにしよう。真琴、すまないが今日の分を買いに行ってくれ」

「わかった」

　真琴は父からお金を預かり、エプロンを外してコートを羽織った。通りすがりにカウンター席を見ると、光牙は猫のように目を細め、おいしそうに船場汁を味わっていた。


　その週の土曜日。昼の営業時間があと三十分で終わるという午後一時半に、智孝が来店した。格子戸を開けた彼の姿を見て、真琴は目を丸くした。今日の彼は、カッチリとしたチャコールグレーのスーツに臙脂のネクタイを締めて、上質なウールのコートを羽織っている。

「お見合いにでも行くの？」

　真琴の言葉を聞いて、智孝はニヤリと笑った。

「デートや」

「えっ」

「ついにあのマイコちゃんと会うねん。約束は六時なんやけどな」

「もしかしてわざわざ自慢しに来たの？」

真琴は顔をしかめた。

「自慢じゃなくて報告。それに、ここで昼飯を食べた帰りに、彼女にプレゼントするバラの花束を買うつもりやねん。今度こそ、俺はリードする大人の男になって、彼女にサプライズをプレゼントするんや！」

智孝の顔には決意がこもっていた。そんな表情を見たら、素直に応援したくなる。

「うまくいくといいね」

真琴は智孝からコートを受け取り、ハンガーラックにかけた。智孝は二人掛けの席に座りながら言う。

「三神もマッチングアプリ、やってみたらえ〜ねん。運命の相手に出会えるかもしれへんで」

「私はいいよ。興味ない」

プロフィールの写真を気に入った相手から、また『黙っていればかわいいのに』とか『クールな美人だと思ったのに』などと言われるのはごめんだ。

「そんなこと言うてたら、ほんまに行き遅れるで」

「自分だってこの前、『まだ二十五歳やのに』結婚を急かされるって愚痴ってたくせに」

智孝と再会した日に彼が言っていた言葉を、真琴は引き合いに出した。

「別に今すぐ結婚を……ってわけやない。マイコちゃんもまだまだ遊びたいって言うてたしな。これから深く知り合って、それが最終的に結婚に結びつくんやと思う」

「結局、井川くんは結婚したいんだ」

「三神だって一生一人でいようとは思ってないやろ？　今なんもせーへんかったら、数年後に後悔するかもしれへん」

「それはそうだけど……」

でも、私の内面を気に入ってくれる人がいないんだもん、と真琴は口の中でつぶやいた。

「俺、そのうち三神食堂に食べに来んようになると思うけど、そんときは祝福してくれよな」

「マイコちゃんと一緒に暮らすから？」

「そういうこと。これで食べ納めになるかもしれへんし、今日は肉定食にしよう」

智孝が感慨深げな表情で注文し、真琴は注文をメモしてテーブルを離れた。


その日の夕方、夜の営業に備えて店の前を箒《ほうき》で掃いていると、二十代半ばくらいの男性が四人、商店街を歩いてきた。長い髪を明るい金髪に染めたり、ダボッとしたフェイクファーのジャケットにダメージ加工のジーンズを穿いていたり、プリントシャツにレザージャケットを着てシルバーアクセサリーをジャラジャラつけていたり……と、この辺りではなかなか見かけない、いかにも〝チャラ男〟といった雰囲気の四人組だ。

「ほんとシケた商店街。なんもねーや」

「うーわ、もう出口」

バカにしたような声を上げた四人は、真琴に気づいて足を止めた。

「なんもねーことねーわ。きれーなおねーさんがいた」

四人が近づいてくるので、真琴は箒を握りしめて一歩下がった。

「おねーさん、意地悪な継母にこき使われてるシンデレラ？」

金髪男の言葉に、残りの三人が下品な笑い声を上げた。酒の匂いがぷんと漂い、まだ明るいうちから飲んでいたのだとわかる。

「俺たちね、この辺りに幽霊が出るって噂をネットで知って、見に来たんだ。おねーさん、川を眺めてる女の幽霊の話、聞いたことない？」

金髪男が顔を近づけてくるので、真琴は顔を背けながら低い声で答える。

「いいえ」

「おねーさんも一緒に幽霊探しに行こうよ」

「興味ありません」

真琴は箒を左右に大きく動かした。砂埃が立ち上がり、男たちは顔の前で手を振る。

「うーわ、最悪」

「こんな無愛想な女に構ってないで、美人の幽霊を探しに行こうぜ」

男たちが文句を言いながら歩き出し、真琴は肩から力を抜いた。

(それにしても、美人の幽霊が出るなんて噂、いつからあったんだろう)

食堂に来る客や噂好きの商店主を含めて、地元の人間は誰一人そんな話をしたことがない。

そのときふと、光牙が通り魔事件のあとで言っていた言葉を思い出した。

『今回の通り魔事件も商店街に打撃を与えるためのものかと思ったが、違ったようだ』

ということは、さっきの四人が言っていた幽霊の噂も、商店街を寂れさせるために誰かが流した噂なのかもしれない。

真琴は気になって、ポケットからスマホを取り出した。検索窓に〝福木町〟〝幽霊〟と入力する。何件か表示された検索結果のうち、一番上のものは一般の人が心霊スポットを投稿するサイトになっていた。見ると、一週間前に〝victim《被害者》〟というハンドルネームで、〝福木町を流れる富実川に美女の幽霊が出没！〟と書き込まれている。

〝逢魔《おうま》が時になると、赤いリュックを背負った小柄な女がどこからともなく現れて、寂しげに川を眺める。艶やかな髪におしゃれなコートにブーツという、一見洗練された美人を思わせる恰好だが、その後ろ姿に惹かれても、絶対に声をかけてはならない。振り返った女の顔は、世にも恐ろしいものだからだ……！〟

真琴は呆れて首を横に振った。いたずらに関心を煽るような文句を並べただけの根も葉もない書き込みだ。こんな嘘に惹かれて実際に見に来るなんて、さっきの四人組はよほど暇なのだろう。

（でも、念のため、あとで光牙さんに相談しよう）

ポケットにスマホを戻したとき、商店街の外から短いクラクションの音がした。見ると、黒いSUVが路肩に停車して、運転席の窓から智孝の顔が覗く。

「おっす、三神」

智孝が右手を軽く挙げた。やや緊張した面持ちだ。

「これからデート？」

真琴の問いかけに、智孝が頷く。

「ああ。マイコちゃんを迎えに行くんや」

「彼女、この近くに住んでたんだ」

「いや、迎えに行くのは家やない。わかりにくい場所らしいから、近くの橋まで来てくれるって。ベージュのコートを着た赤いリュックの小柄な子を見かけたら、それがマイコちゃんらしいから」

「邪魔しないから、どうぞ楽しんで～」

真琴はひらひらと手を振った。車が走り出し、真琴は道路に立ってSUVを見送った。

掃除に戻ろうとしたとき、SUVが急ブレーキを踏むのが見えた。次の瞬間、智孝が運転席から飛び出し、遊歩道に向かって斜面を駆け上がっていく。

「なにやってんねんっ！」

智孝の怒鳴り声が聞こえ、そのただならぬ様子に真琴は箒を放り出した。商店街を飛び出し、横断歩道を渡って石段を一つ飛ばしで駆け上がる。すると、遊歩道の先で、さっきの四人組の男が小柄な女性の肩を小突いているのが見えた。

「マイコちゃん⁉」

智孝が声を張り上げた。よく見たら、四人の男に絡まれている女性は、ベージュのコートを着て赤いリュックを背負っている。智孝はマイコを助けようと、彼女の肩を摑んでいる男の一人に飛びかかったが、別の男に突き飛ばされて遊歩道に尻餅をついた。

「井川くん！」

真琴はスマホを取り出しながら全速力で走った。その間にマイコは後ろから押されてその場に膝をつく。真琴が駆け寄ったとき、智孝は愕然とした表情でその場に座り込んでいた。

「あなたたち、なにやってるの⁉　今すぐ彼女から手を離しなさい！　さもないと通報するわよ！」

真琴は左手に持ったスマホを掲げてみせた。耳にいくつもピアスをぶら下げた男が、嘲るような声を出す。

「はっ、彼女？　彼女なんてどこにいんだよ」

二人の男が両側からマイコの腕を摑んで立たせた。マイコはぐったりと頭を垂れ、黒いタイツの膝には土がついている。

「その子のことよっ」

明るい茶髪にパーマをかけた男がマイコの背中を押し、マイコはその場に四つん這いになった。

「なんてことするのっ」

真琴はマイコに駆け寄った。マイコは顔にかかった髪を右手で耳にかける。

「ら、乱暴なことはやめて……」

セミロングヘアの間から低いしわがれ声が聞こえてきた。真琴は艶やかなマロンブラウンの髪がかかるマイコの顔を覗いて驚いた。そこに見えたのは、白い眉の老いた男性の顔だったのだ！

コートも、その下に着ているキャメル色のワンピースもブーツも、若い女性が身につけるようなおしゃれなデザインのものだ。

「なるほど」

真琴は気を取り直してスマホの通話アプリを起動させた。

「あなたたちはこのおじいさんに暴力を振るっていたというわけね。おおかた、女性だと思って声をかけたら、おじいさんだったから腹を立てたとか、そんなところでしょう」

榎本のいる交番の電話番号を表示させたとき、金髪の男が真琴に向かって顎を突き出した。

「おまえも男かどうか確かめてやろうか」

男が真琴の胸を触ろうと手を伸ばし、真琴はその手を払いのけた。その隙に茶髪パーマの男が真琴の左手首を握った。スマホを奪われそうになり、右手で男の腕を摑んだが、別の男に右肩を摑まれた。

「おまえに勝ち目がないってことに気づいてないのか？」

茶髪パーマの男が嘲笑った。真琴は男を睨む。いくら腕に覚えがあるといっても、相手は四人だ。

（せめて井川くんが通報してくれれば……）

だが、智孝はマイコが実は老人だったショックからか、呆然とした表情で座り込んでいた。真琴が下唇を噛んだとき、暗い影が目の前をさっと横切った。

「ぎゃっ」

茶髪パーマの男が悲鳴を上げて真琴の手を離し、左手で右手の甲を押さえる。

「いってぇ」

直後、真琴のすぐ前にキジトラ模様の猫が降り立った。キジトラは威嚇するように背中を丸めて、男を睨む。

「なんだ、猫か！　生意気だなっ」

男が猫を踏みつけようと足を上げたとき、キジトラの体がぐんっと一回り大きくなった。

「えっ？」

真琴の目の前で猫の体はどんどん膨らみ、真琴は数歩後ずさった。見る見る大きくなった猫は、一本の前足が真琴と同じくらいの高さと太さだ。

「ぎゃーっ」

「うわーっ」

男たちは驚愕の表情でその場に尻餅をついた。巨大なキジトラは四人に向かって牙を剝く。

「シャーッ」

その大きな威嚇の声と風圧に、男たちの髪が逆立った。猫が前足を茶髪パーマの太ももに置くと、男は口から泡を吹いて気を失った。ほかの三人も白目を剝いてその場に倒れる。智孝は尻餅をついたまま後ずさり、真琴の脚にぶつかった。智孝が真琴の脚にしがみつき、真琴はバランスを崩して地面にお尻をついた。

「に、逃げろ、三神っ」

そう言いつつ智孝は真琴に抱きついて離れない。真琴は立ち上がることができず、智孝を支えたまま周囲を見回した。男たちは全員気を失っている。老人はぺたりと座り込んで、巨大な猫を見上げてつぶやいた。

「こりゃあ……驚いた」

真琴は巨大な猫に顔を向けた。いつものキジトラがお馴染みの顔で、「ニャア」と鳴いた。その声の大きさに真琴は顔をしかめ、智孝は目を剝いて意識を失った。

「井川くんっ」

直後、猫は大きくなったときと同じくらいの早さでシュルシュルと小さくなった。真琴が呆気にとられているうちに、ひらりと身を翻し、遊歩道からその下の道路へとジャンプした。

「待って！」

真琴は猫を追いかけようとして、智孝を抱えたままなのに気づいた。彼をそっと地面に寝かせて立ち上がったが、そのときにはもうキジトラの姿はどこにもなかった。真琴は猫を追いかけるのは諦め、老人のそばに片膝をつく。

「大丈夫ですか？」

「面倒をかけてすまないねぇ」

真琴は老人が立ち上がるのに手を貸した。真琴は老人から手を離して、気を失ったままの男たちをぐるりと見回す。

「この四人になにかされたんですか？」

「いや、なにね、ちょっと川を眺めてたら、その連中に『俺らと一緒に飲みに行かない？』って声をかけられたもんだから、『あら、嬉しい』って振り返ったの。そうしたら、彼ら、絶句しましてねぇ。その間の抜けた顔を見て、いい気味だと思ったんですよ」

老人はコートやワンピースをはたいて砂を落とした。

「だけど、彼ら、急に怒り出しましてね。『なんだ、くそじじいかよっ』って。くそじじいとは失礼ですよねぇ。勝手に私をうら若き乙女だと勘違いして声をかけてきたくせに。とはいえ、あやうく痛い目に遭わされるところでしたから、助かりました」

老人に頭を下げられ、真琴は瞬きをしてから老人の全身をじっと見た。

「あの、つかぬことを伺いますが、あなたは本当に……マイコちゃん……なんですか？」

真琴の言葉を聞いた瞬間、老人は険のある顔つきになった。

「マイコのことを知っているということは、あなたは井川智孝という軽薄男の知り合いですかな？」

老人に表情同様、険しい口調で問われ、真琴は眉を寄せる。

「えっ、〝井川智孝という軽薄男〟って？」

真琴は老人から智孝へと視線を動かした。智孝は真琴が横たえたときのまま、口を開けて気を失っている。

「まさか、井川くんが軽薄な男だって言うんですか？　彼はマイコちゃんに会うのをとても楽しみにしてましたよ！　マイコちゃんのことを『絶対え～子やで』って言って、『これから俺がいろいろ楽しいことを教えてあげるんや』って。そんな彼を、若い女性のフリをして騙してたなんてひどいです」

老人はため息をついて背中のリュックを下ろし、スマホを取り出した。

「これを軽薄と言わずして、誰を軽薄と呼べばいいのか教えてほしいものですな」

老人がスマホの画面を向けたので、真琴は顔を近づけた。そこには智孝とマイコがやりとりしたメッセージが表示されている。

【マイコは都会に慣れてないんだね。でも、俺がリードしてあげるから、なにも心配はいらない。俺に任せておきな】

【智孝さんはどんなところで遊ぶんですか？】

【いろいろだね。今は仕事が忙しくて無理だけど、学生の頃はクラブとか、しょっちゅう行ってた】

【クラブだなんてかっこいい！　智孝さんに早く会いたいです】

【マイコが望むなら、すぐ会えるよ。キミに会える日は、俺にとっても特別な日だ。マイコが好きなバラの花を、抱えきれないくらいプレゼントするよ】

真琴は背中がむずがゆくなるのを感じた。智孝がまさかこんなメッセージを送っていたなんて……ギャップを意識しすぎたせいだろうか。だが、多少遊び人を装っていたとしても、智孝は智孝だ。二十四歳のエレベーターガールのフリをした老人の方が、悪質だ。

真琴は老人の顔をキッと見た。

「井川くんのメッセージがチャラかったから、女装して井川くんを驚かそうとしたんですか？」

真琴の怒りのこもった言葉を意に介さない様子で、老人は淡々と言う。

「ああいう軟派な輩は女性の敵です。あなたは知り合いのようだが、気をつけた方がよいですよ。これからなにをされるかわかったもんじゃありません。それでは、私はこの辺で失礼しますよ」

老人が立ち去ろうとするので、真琴は老人の前に立ちふさがった。

「井川くんはそんなことしません。私の友達です。自治会の青年部で地域に貢献していま す。たぶん、彼女が欲しくて遊び慣れた男性のフリをしただけなんだと思います」

「ずいぶん肩を持ちますな。けれど、自分を偽ったのがいけないんですよ。軽薄なフリをしなければ、私に騙されることもなかった」

「偽っていたのはあなたもでしょう！　人を騙して喜ぶなんて最低です。こんなこと、もうやめた方がいいですよ。今日、あなたは四人に襲われかけたんですから！」

「最低とは手厳しいですな。しかし、私はやめるつもりはありません」

老人は鋭い目つきになって真琴を見た。その弱々しい風貌からは想像できない眼光にひるみそうになりながらも、真琴は老人を見据える。そんな険悪な空気を、光牙の声が破った。

「そこまで言うおまえの目的を聞きたい」

彼の声は遊歩道の下から聞こえてきた。黒のロングコートを着た光牙が、ゆっくりと斜面を上って、老人に向き直る。

「おまえはいやみか」

(嫌み？)

首を捻る真琴の前で、老人は頷いた。

「はい。いやみと呼ばれる類いのあやかりでございます」

老人の言葉を聞いて、真琴は驚いて声を上げる。

「えっ、おじいさん、人間じゃなかったの!?」

光牙が真琴に鋭い視線を向けた。

「話を遮るな」

「ご、ごめんなさい」

真琴は口をつぐんだ。光牙は老人の目を覗き込む。

「なんの目的で人間に悪さをしている？　最近、この辺りを根城にしているようだが、誰かに頼まれたのか？」

長身の光牙に威圧的に見下ろされ、老人は怯えたように背中を丸めた。

「誰かに頼まれたわけではありません。悪い人間を懲らしめようとしているだけです」

「悪い人間を懲らしめる？」

「はい」

「俺が納得できるように話せ」

光牙に詰問され、老人は倒れている五人を順に見た。

「私が人間だった頃の話なんですが」

老人は藍色に染まり始めた東の空に目をやった。

「もうずいぶん昔のことになりますねぇ。大きな戦争が終わって復興が進んで、『もはや戦後ではない』などと言われた時期です。そんな時期でも、医療はそれほど進んでおらず、私は妻を病気で亡くしました。妻との間に娘が一人おりまして……当時たったの三歳でした。私は妻の分も大切に娘を育てましたよ。そりゃあ、父親思いのいい子に育ちまして。母親に似て器量よしで、自慢の娘でした」

「その娘が〝マイコ〟なのか？」

光牙に訊かれて、老人は頷いた。

「はい。けれど、娘は二十四になったとき、突然家を出て姿をくらましたのです。エレベーターガールとして働いていたデパートも辞めて。娘が出ていったのは私のせいなのか？　なにか娘に嫌われるようなことをしてしまったのか？　それはもう悩み苦しむ毎日でした……」

老人は悲しげに息を吐いて話を続ける。

「娘を必死で捜す私の姿を見るに見かねたのでしょう。娘に口止めされていた同僚の女性が、教えてくれました。娘は軟派なハンサムボーイ……ええと、今の言葉ではチャラいイケメンと言うのですかね……悪い男に騙されてお金を貢いだあげく、男の子どもを妊娠して、男に捨てられたと。そして、ボロボロのアパートに住んでいることを知りました」

老人は握りしめた拳をわなわなと震わせた。

「娘は苦労して育ててくれた私に迷惑をかけまいと、一人で子どもを産んで育てる決心をしたのだそうです。けれど、蓄えもほとんどなく、娘も娘の子どもも不幸になるのは目に見えていました。私は娘を家に連れ帰り、娘を騙した男を捜しました」

「復讐するためにか？」

光牙の問いかけに、老人は淡く微笑んで答える。

「いいえ。できれば、娘と一緒に、生まれてきた子どもを育ててほしかったのです。もちろん、一人の人間として責任を取ってほしいというのもありましたが、私が一人で娘を育ててきたのと同じ苦労を、娘に経験させたくなかったのです」

「男は見つかったのか？」

老人は力なく首を横に振った。

「いいえ。男は最初から娘を騙すつもりだったのでしょう。娘が聞いていた名前も嘘だったのです。娘が女の子を産んだ時点で、私はもう男を捜すのをやめました。本当に愛らしい孫でしたよ。私は働きながら、できる限り娘の力になろうとしました。けれど、あの時代の未婚の母に対する世間の風当たりの強さときたら……。私は娘が苦労する姿をずっと見ていたので……悪い男を懲らしめたいという気持ちが強くなったのです」

「それでいやみになったというわけか」

「はい。あやかりとなってからはあちこちを放浪しつつ、女性の敵と思われる悪い男や軟派な男を驚かせて懲らしめていました。こうした恰好で一人でおりましたら、軽薄な男は声をかけずにはおれんのでしょうな」

老人は小さな笑い声を立てた。

「驚かせて懲らしめるだけでいいのか？」

光牙に訊かれて、老人は過去を懐かしむように笑みを大きくした。

「はい。孫娘はかわいかったですし、私も娘も貧しかったですが、心は豊かに幸せに暮らしましたから。ただああいった輩に、安易に女性を傷つけるのをやめてもらいたいのです」

「なるほど、おまえの目的はわかった」

光牙の口調が和らいだ。老人は小さく首を横に振って言う。

「しかし、世の中の変化には目を見張るものがありますねぇ。便利になると同時に、新しい犯罪が生まれる。こんな小さな電話を使って、女性を騙す男たちがいる。逆に男も食い物にされているのかもしれませんねぇ。ちょっと初心な娘のフリをすれば、ころりと騙される者がいるんですから。顔の見えないメッセージアプリの相手を、いとも簡単に信用するとは」

老人が智孝に顔を向けたとき、低くうなり声を上げて智孝が目を覚ました。地面に手をついて上体を起こし、軽く頭を振る。

「さっきの猫は……？」

智孝のぼんやりした表情を見て、光牙は笑みを含んだ声を出す。

「青年部員さんはなかなか情けないな。こんなやつらに殴られそうになっただけで気を失うなんて」

智孝はハッと目を見開いた。

「ち、違いますよっ。俺が気を失ったのは巨大な猫を見たからで……」

智孝はキョロキョロと辺りを見回した。真琴は頭の中で忙しく考える。

目の前のこの老人は自分のことを『いやみと呼ばれる類いのあやかり』だと言った。つまりは五体面や髪切りと同じく、あやかしなのだ。ということは、あの巨大猫も化け猫や猫又など、妖怪の一種なのでは……？

「三神も見たよな!?」

智孝に問われて、真琴は探るように智孝を見た。

「井川くんはあやかしとか妖怪とか信じる……？」

もし智孝の答えがイエスなら、巨大猫を見たと答えようと思った。しかし、智孝は頬を染め、慌てて否定する。

「え、ま、まさか！　俺、きっと夢でも見たんや。うん、そうや、夢に違いない！」

そうして今度は目に怒りをたたえて、光牙の前に立っている老人を睨んだ。

「あなた……なんでマイコちゃんのフリをしたんですか!?　俺をからかった目的はいったいなんなんです!?」

真琴はすばやく頭を回転させて、この場を丸く収める話を言葉にした。

「井川くんには申し訳ないけど……このおじいさん、娘さんが軽薄なイケメンに騙されたことがあって、そういう男性を懲らしめるために娘さんのフリをしてたんだって」

「なんやて？」

智孝が険しい表情のまま真琴を見た。

「チャラい男が引っかかるように、初心な娘さんのフリをしてたの。井川くんも思い当たる節があるんじゃないかな……？」

真琴の問いかけるような視線を受けて、智孝は自分が送ったメッセージの内容を思い出したらしい。真っ赤な顔になって頭を垂れた。

「俺……マイコちゃんは背伸びしようとしてる純情な女の子に思えたから……彼女をリードして、今度こそ頼られるいい男になって、幸せな恋愛をしようと思たんや……」

智孝は両手で顔を覆った。

「アホや、俺。クラブとか言って遊んでるフリをしてたけど、ほんまはテニスクラブしか行ってへんかったのに」

「井川くん……」

真琴は智孝の隣にしゃがみ、慰めるように肩に手を置いた。智孝は顔を上げて、潤んだ赤い目で真琴を見る。

「三神……車の後部座席にバラが三ダース積んである。もらってくれへんか？」

「バラが三ダース⁉　なんでそんなに？」

真琴の声が高くなり、智孝は力なく肩を落とす。

「マイコちゃんにあげるために買うたんや……。あんなもん、家に持って帰られへん。妹や親にバカにされる……」

しょげた智孝は体が一回り小さくなったように見え、真琴は彼が心底気の毒になった。

「わかった」

「ありがとう」

智孝はつぶやくように言って、右手で目元を拭った。光牙が倒れている四人に顎をしゃくる。

「それで、どうする？　こいつらは警察に突き出すか？」

智孝は一度深呼吸をして、表情を引き締めて立ち上がった。もう彼は、町を思ういつもの青年部員の顔をしていた。

「そうですね。俺や三神が止めなければ、おじいさんをどんな目に遭わせていたか。俺も突き飛ばされましたしね。榎本さんにこってり絞ってもらいましょう。あなたも被害届を出しますよね？」

智孝はポケットからスマホを取り出しながら老人を見た。いやみは一歩下がる。

「私はややこしいことはごめんです」

「そうはいきませんよ」

智孝が言ったとき、榎本と電話がつながったらしく、事情を説明し始めた。いやみはさらに一歩下がって、智孝の視界から外れた。

「この四人は福神様を見て気を失ったくらいですからね。いいお灸になったはずです。しばらくは女性に声をかけようとするたびに、私の顔か福神様の姿を思い出すでしょう」

「福神様って？　あの巨大キジトラちゃんのこと？」

いやみが細い目を目一杯大きくして真琴を見た。

「お嬢さんはご存じないのですかな？」

「なにを？　あのキジトラちゃんは化け猫じゃないの？」

真琴はいやみから光牙に視線を移した。半信半疑の真琴の表情を見て、光牙は口元に笑みを浮かべる。

「その娘はようやくあやかりの存在を認め始めたところなのだ」

「なるほど。思ったよりも頭の固いお方だったのですな」

いやみはクスリと笑って光牙にお辞儀をした。

「では、私はこれで」

「よそへ行くのか？」

「はい。私が驚かしてやった男がネットの掲示板に書き込みをしていたようですし。軽薄な男以外の人間の相手をするのは本意ではないので」

「そうか。腰を落ち着けたくなったときには、俺に声をかけるといい」

「そうですねぇ。ここには福神様もいらっしゃるし、あやかりを受け入れてくれそうな人もいる」

いやみが真琴を見てニヤリと笑い、真琴はとっさに顔を背けた。

いつの間にか日が暮れて辺りは暗くなり、智孝のスマホだけがぼうっと光っている。その智孝が通話を終えてスマホをポケットに入れ、辺りは闇に染まった。

「さて、おじいさんにもちゃんと証言してもらうで」

智孝が言った直後、ざあっと音がして突風が吹いた。

「きゃあっ」

真琴は反射的に手を顔の前にかざした。風が収まって目を開けたとき、視界の端、遊歩道の下で懐中電灯の光が揺れるのが見えた。

「井川くん、そこかい？」

榎本の声だ。隣で智孝が右手を振る。

「榎本さん、こっちです。この四人組の男が老人を暴行しようとして……あれ？」

さっきまで老人が立っていたところを見て、智孝は目を見開いた。真琴も同じように目を丸くする。

「どこ行ったんや？」

さっきの秋風と一緒に消えてしまったかのように、いやみと光牙の姿はなかった。

第六章「おまえのその無い物ねだりの思考は大好物じゃ」

「真人くん、え〜田辺《たなべ》大根入ったで〜」

　十一月下旬の月曜日、三神食堂の格子戸が勢いよく開いて、八百屋大吉《だいきち》の二代目店主が入ってきた。真人より少し年上で恰幅のいい店主は、小ぶりの白首大根が五本入ったカゴをカウンターに置いた。真人は「おお」と珍しく嬉しそうな声を上げる。

「瑞々しくておいしそうですねぇ」

　田辺大根は〝なにわの伝統野菜〟と呼ばれる大阪の地野菜の一つだ。大阪市東住吉区にある田辺地区の特産品だったことから、その名がついた。一時は生産が途絶えたと言われていたが、自家用として栽培されていたのが偶然発見され、その後の栽培・普及努力によって、ごく限られた量だが再び地元で流通するようになった。見た目は青首大根よりも短くずんぐりとしていて、先端が丸くやや膨らんでいる。

「肉質は緻密で柔らかいし、炊くと崩れにくく甘味が出る。真人さんも腕の振るい甲斐があるやろ」

　仕入れられたことが誇らしいのか、大吉の店主は胸を張って言った。

「そうですね。ふろふき大根もいいし、大根ステーキもいい。葉裏に毛がないから、葉も使いやすい。味噌汁がいいか……いや、炊き込みご飯や漬け物も捨てがたい」

新鮮な地野菜を前にして、真人の口数が増した。

「また仕入れられたら持ってくるよ」

「ぜひお願いします」

真人は大吉の店主を見送り、大根を厨房に運んだ。すぐ使うつもりらしく、シンクの横に並べている。

三日前に大根のかつらむきをやらされたときの悲惨な結末——拍子木切りのような分厚さになった挙げ句、指を切ったこと——を思い出し、真琴は素知らぬ顔で店の外に出て、掃き掃除を始めた。しかし、それは無駄な抵抗だったようで、格子戸を開けた真人に呼び戻される。

「真琴、ふろふき大根を作るぞ」

「……私が？」

「ほかに誰がいる」

真人の表情が硬くなった。あと少しのアルバイト契約とはいえ、険悪な関係で終わりたくはない。

「やります」

真琴は急いで箒を片付けて、真人と一緒に店内に戻った。厨房に入って大根を見た瞬間、あんぐりと口を開ける。

「え？」

二人の声が重なった。さっきまで瑞々しかった大根が、今は茶色く干からび、葉っぱも黄色くしなびている。

「どういうこと!?」

真琴はわけがわからず父の顔を見た。真人も同じような表情で真琴を見る。

「お母さん！」

「母さんっ」

二人が呼ぶ声を聞いて、二階で洗濯物を取り込んでいた静絵が階段を下りてきた。

「大きな声を出してどうしたの？」

真人が大根を指差しながら静絵に問う。

「大根に触ったか？」

「まさか。今までずっと二階にいたのよ」

静絵は答えながら厨房に入り、大根を見て絶句した。真人が説明する。

「大吉さんが納入してくれたばかりの大根が、目を離した隙にこんなことになったんだ」

「私は店の前にいたけど、誰も来なかったよ」

真琴が説明を引き継ぎ、静絵は顔をしかめてつぶやいた。

「嫌だわ。気持ち悪い」

「大吉さんのところに行って、取り替えてもらってこようか？　いただいた大根がすぐにしなびましたって」

真琴の言葉を聞いて、真人は苦々しげな表情になる。

「それはダメだ」

「どうして？」

「こんなこと、普通ならありえない」

「だったら、どうして買ったばかりの大根がしなびたの？」

その真琴の疑問に答えたのは、光牙の声だった。

「人間の仕業ではないからだ」

三人は一様に店の入口に顔を向けた。いつの間に入ってきたのか、光牙が腕を組み、格子戸横の壁にもたれて立っていた。

「光牙さん」

三神家の三人が同時に声を発した。光牙は静かに背中を起こす。

「酒屋では、倉庫に置いていた日本酒の一升瓶が全部盗まれたそうだ。居酒屋では仕入れたばかりの刺身が、客に出そうとしたとたんに腐り、呉服屋では仕立てたばかりの着物にカビが生えたらしい。あちこちで不審な災厄が続いている。三神食堂では食い逃げにも遭っただろう？」

光牙に言われて、真琴は二週間前の出来事を思い出した。真琴が鞠絵の買い物に付き合って隣の市から帰ってきたとき、三神食堂に榎本が来ていた。中年の男性がたくさん料理を食べた挙げ句、代金を払わずに逃げたという話だった。

「あのとき私がいたら、犯人を捕まえられたかもしれないのに……」

真琴は悔しい気持ちでつぶやいたが、光牙はあっさりと言う。

「無理だ」

「どうして⁉」

真琴は不満顔で光牙を見た。光牙は淡々と答える。

「普通とは違う力が働いて、災厄を引き起こしている。だから、犯人は捕まらない」

「〝普通とは違う力〟……？　それ、前にも言ってたよね」

真琴が訝しげな声を出し、真人が咳払いをする。

「あ、あー、そうだ、真琴、洗濯物を取り込んできなさい」

真琴は眉を寄せて父を見た。

「洗濯物ならさっきお母さんが」

「そうよ。私がもうすべて取り込んだわ」

真琴に続いて静絵が言い、父は目を左右に動かしてから、また真琴を見る。

「それじゃ、洗濯物を畳んで片付けてきなさい」

「お父さんは……私に聞いてほしくないことでもあるの？」

父は渋い表情で唇を結び、目をそらした。

「私、三神食堂で働き始めてから、普通じゃない体験をたくさんした。だから、光牙さんの説明を聞いても、もう疑ったりしない」

真人はその言葉の真偽を確かめるように、目を細めて真琴を見た。真琴は父から光牙に視線を移す。

「光牙さん、教えて。いったい商店街でなにが起こってるの？　誰が商店街に災厄をもたらしてるの？」

光牙は真人を見た。真人が真琴の真剣な表情を見て頷き、光牙は無表情で答える。

「貧乏神だ」

「はぁ？」

想像すらしなかった答えに、真琴の口から呆れ声が零れた。すぐに真人から厳しい声が飛んでくる。

「真琴！」

「ごめんなさい！　もう口を挟みませんっ」

真琴は両手を口に当てた。光牙は真琴を一瞥して話を続ける。

「気配は感じるが、姿が見えない。そもそもなぜ福木商店街に居着いたのかもわからない。だが、このままやつを野放しにしておけば、いずれ商店街は潰れる。だから、貧乏神送りを行い、やつをおびき出して追い払うことを提案する」

「貧乏神送りの儀式は……百年以上前に途絶えたと聞きました。祖父から、焼き味噌の香りで貧乏神を誘い出し、味噌と一緒に川に流す儀式があったと聞いた程度で……正確な執り行い方はわかりません」

真人の自信なさそうな声を聞いて、光牙は右手の人差し指で自分のこめかみを軽く叩いた。

「手順ならここにきちんと入っている」

「それなら……大丈夫ですね」

真人は少し表情を緩めた。真琴はおずおずと言葉を挟む。

「その儀式で……本当に災厄の原因が取り除かれるの……？」

「ああ。やつは焼き味噌に目がないからな。二度と戻ってこられないよう川に流そう」

真琴は口をつぐんで考え込む。

（つまり、災いを人形《ひとがた》に移して流す人形流しのような、伝統的なお祓《はら》いの一種なのかな）

母を見ると、静絵は静かに光牙と真人のやりとりを見守っている。

「これ以上の災厄を起こさせないよう、早い方がいいだろう」

光牙の言葉に真人が同調する。

「しきたりでは晦日《みそか》に行うのでしたね。今月の晦日、来週の三十日に行うよう手配をしましょう。商店街の各店主に連絡を取り、儀式の間、数時間休業してもらうようお願いします」

真琴は遠慮がちに意見を述べる。

「お父さん。私、いままでずっとあやかしの存在を信じてこなかった。この目で見ても、最初は信じられなかった……。商店街のみんなは、お父さんの話を信じてくれるの？」

「真人が商店街のみんなに信頼されていることは、真琴も気づいているだろう？」

光牙の言葉を聞いて、イベントを台無しにした藤巻がみんなに受け入れられたのは、父が口添えするとともに藤巻を片付けに参加させたからだということを、真琴は思い出した。

真人は穏やかな表情で真琴を見る。

「それに、この商店街は、真琴が生まれるはるか昔からあるんだ。今よりずっと自然が豊かで人がおおらかで、あやかしたちが目に見えずとも身近な存在だった頃から。そして、三神家がお仕えしている福猫えびす神社の福猫様は、彼らが悪さをしないよう、見守ってくださっている。福猫えびす神社がこの地に誕生したときから。三神家がこの地で暮らし始めたときから」

真琴はピンチのたびに現れて助けてくれたキジトラの姿を思い出した。

「だから……キジトラちゃんは私たちを……私を何度も助けてくれたの？」

「真琴を助ける理由は、それだけじゃない。十六年前に助けられた恩がある」

真琴は光牙を見た。

「それって……キジトラちゃんが井川くんたちにいじめられてたときのこと？」

「ああ。相手は小学生だったからな。力を使って万が一傷つけてはいけないから、対応に苦慮していた。あのあと、おまえは叱られて大変だったな」

光牙が苦笑を浮かべ、真人は苦い表情になった。

「でも……あれはやっぱり叱られて当然だったと思う……」

真琴はそう答えながら、福猫えびす神社と三神家の長いつながりの歴史を聞いて、不思議と胸が温かくなるのを感じた。

「さて、私は必要な電話をかけるから、真琴は母さんと一緒に開店準備を始めなさい」

真人が言って廊下に上がり、光牙はカウンターの隅の席に座った。母はにっこり笑って、真琴に声をかける。

「さ、真琴、開店準備をしましょう。まずはお米を洗ってね」

母に促されて、真琴は米を測って大きなザルに入れ、シンクにいる母に並んだ。

「ねえ、お母さんは……昔から妖怪とか信じてたの？」

静絵はジャガイモを洗いながら、過去を懐かしむような笑みを浮かべた。

「母の両親の家が岩手《いわて》にあってね。年に二回、帰省するたびに、隣の古いお屋敷に住む小さな男の子と遊んでいたの。でも、いつ会っても、その子は五歳くらいで、ぜんぜん大きくならないの。不思議に思って祖母に尋ねたら、『その子はきっと座敷童だよ』って教えてくれたのよ」

「ええっ」

座敷童と言えば、真琴でも知っている超有名な妖怪だ。子どもの姿をしていて、旧家の奥座敷に住み、その家の繁栄を守護すると言われている。

静絵はジャガイモの皮を剝きながら話を続ける。

「私が大学生になったときかな。もう会えなく……というか、見えなくなっちゃったの。

人懐っこくてとってもかわいらしい男の子だったから、また会いたいんだけど……大人になりすぎた私には、もう無理みたい」

静絵は寂しそうに微笑んで、皮を剝いたジャガイモをまな板の上に置いた。そんな経験をしたから、母はこれまでの出来事をなんの驚きもなく受け入れていたのか、と真琴は深く納得した。


その後数日かけて、三十日の昼過ぎに貧乏神送りを行うことで手筈が整った。いよいよ明日、貧乏神送りをするという二十九日の午後三時。ランチタイムの片付けを終えた真琴は、冷蔵庫を開けてため息をついた。今朝、精肉店から仕入れたばかりの牛スジ肉が、変色して嫌な臭いを放っている。

「お母さん、牛スジ肉が腐ってる……」

「またなの？　こう毎日のように続くと、気が滅入りそうだわ……。貧乏神って本当に恐ろしいのね」

静絵が心底悲しげな顔で深いため息をついた。どんなときでもふんわりと微笑んでいる母のそんな表情を見て、真琴は胸が痛くなった。

「新しいのを買ってくるね」

真琴は努めて明るい声を出し、コートを羽織って店を出た。昨日から急に気温が下がったせいもあるかもしれないが、店の窮状を思うと、寒さが肌身に染みる。

真琴は急ぎ足で歩き出した。精肉店はT字路を曲がれば二分ほどの距離だ。

「いらっしゃい」

いつもは五十代の夫婦二人が明るく迎えてくれるのに、今日店頭にいたのは三角巾をつけた妻だけだった。

「こんにちは。今朝母がいただいたのと同じ牛スジ肉をお願いします」

「真琴ちゃん、ちょっと待っててね。主人に確認してくるから」

女性が店の奥に消えた。真琴は何気なく周囲を見回し、ショックを受けた。先月ここに戻ってきたとき、シャッターを下ろした店が増えたとは思ったが、まだ客の姿はあった。しかし、今はまったくひとけがなく閑散としている。隣の豆腐店の店先では、店主の息子が所在なさげにスマホをいじっていた。向かい側の靴屋では、六十代の店主が店先で椅子に座り、背中を丸めて新聞を読んでいる。その隣の整骨院では、白衣の男性が受付カウンターで頬杖をつき、ぼんやりと外を眺めていた。

悲しいくらいに活気がない。

「お待たせしてごめんねぇ」

店主の妻の声がして、真琴は視線を戻した。

「主人がぎっくり腰で店に立てなくて。ええと、牛スジ肉ね」

女性は商品を用意してビニール袋に入れた。ふっくらしたその顔に疲れが滲んでいて、やつれて見える。

「ご主人の具合、あまりよくないんですか？」

店主の妻は顔を上げて笑顔を作った。

「軽いぎっくり腰だったのを、無理して店に立ったもんだから、悪化してねぇ。一週間は寝たきりだって」

「それは大変ですね……。早くよくなるといいですね」

真琴は心を込めて言った。

「ありがとう」

店主の妻は真琴から代金を受け取って、声を潜める。

「それで、真琴ちゃんのお父さんがお祓いをするって聞いたんだけど」

真琴はつられたように声を抑える。

「あ、はい。明日、貧乏神送りをする予定です」

「そう聞いたわ。私はここに嫁いできたから知らないんだけど、主人が言うには、百年くらい前まで、この辺りには貧乏神送りの風習があったんだってねぇ。やっぱり福猫様にお参りしてなかったから、貧乏神なんかがやって来たのかしら」

その言葉を聞いて、そういえば最近キジトラを見てないな、と真琴は思った。店主の妻に礼を言って食堂に戻りながら考える。

（こんなときこそキジトラちゃんに力を貸してほしい。お父さんに牛スジ肉を渡したら、福猫えびす神社にお参りに行こう）

そう決意したものの、店に帰ったとたん、それは無理だと悟った。父が食堂の椅子に座り、その右足首に母が包帯を巻いていたのだ。

「どうしたの!?」

静絵は包帯をサージカルテープで留めながら答える。

「お父さんが棚の上にある鍋を取ろうとして、踏み台から落ちたの」

「こんな捻挫、たいしたことはない」

真人は立ち上がったが、すぐにバランスを崩して椅子の背に摑まった。痛いとは言わないが、額には脂汗が浮かんでいる。静絵が心配顔で真人の背中に手を添えた。

「ダメよ、お父さん。無理しないで」

「くっ……」

真人は悔しそうに顔を歪めた。真琴も同じ気持ちだ。

(こうも災難が続くなんて絶対に普通じゃない。精肉店の店主のぎっくり腰も、お父さんの捻挫も、貧乏神のせいなんだろうか)

なんとか父を励まそうと、真琴は明るい声を出す。

「お父さん、今日の肉定食はどて焼きだよね。お父さんが教えてくれたら、きっとおいしくできると思う。心を込めて作るから、作り方を教えてください」

真人は真琴をじっと見た。顔を合わせれば反発ばかりしていた娘が、真剣な眼差しで自ら申し出ている。その様子を見て、ゆっくりと頷いた。

「わかった。頼む」

真人は静絵の肩を借りながら、厨房に入った。そして、真琴が運んだ丸椅子に腰を下ろす。

「まずは熱湯で牛スジ肉を茹でてアクと臭みを抜く」

「はい」

真琴は大きな鍋に湯を沸かして牛スジ肉を茹でた。父の指示を受けながら、アクを取って水で洗い、ザルに上げる。

「次は鍋を洗って、茹でた牛スジ肉と水、ネギの白い部分と生姜の薄切りを入れる。アクを取りながら、肉が柔らかくなるまで茹でるんだ。その間にコンニャクの下ごしらえをして、カツオ出汁を取る」

父の指示通り、牛スジ肉などを入れた鍋を火にかけた。続いてコンニャクを、味が染みやすくなるよう表面に斜めに切り込みを入れて、一口大に切った。それを茹でて臭み抜きをする。次に、熱湯に花カツオをたっぷりと入れ、カツオ節が鍋底に沈んでからふきんを敷いたザルで静かに濾した。

「牛スジ肉が柔らかくなったら、水洗いして食べやすい大きさに切る」

熱いから気をつけろ、と言われた瞬間、真琴は鍋の縁を触って「熱《あつ》っ」と声を上げた。

「大丈夫か？」

「平気。次はどうするの？」

真琴は火傷した右手を流水で冷やしながら、父に指示を仰ぐ。

「鍋にカツオ出汁と味噌、砂糖とみりんを入れて、火にかける。味噌が溶けたらこんにゃくと牛スジ肉を加えて、沸騰したら弱火にしてじっくり煮込む」

言われた通り煮込む作業に入り、真琴は大きく息を吐いた。いつの間にか額が汗ばんでいて、真琴はニットの袖を引き上げた。

「どて焼きってものすごく手間がかかるんだねぇ」

「休むヒマはないぞ。魚定食はサケのホイル焼きだ。焼けばいい状態にまで準備しておいてくれ」

父に言われて、真琴はアルミホイルを切り、中央にサラダ油を塗った。冷蔵庫を開けて、おそるおそる中を覗くと、切り身は新鮮できれいなサーモンピンク色をしていた。真琴は胸を撫で下ろし、切り身の皮を下にしてホイルに置く。たっぷりのきのことバターを載せて、ホイルでしっかりと包んだ。

「ご苦労さん」

父に労いの言葉をかけられ、真琴は料理をする緊張がようやく解けて、肩の力を抜いた。

母が湯飲みにお茶を淹れてカウンターに置く。

「お疲れ様。さあ、お茶をどうぞ」

「ありがとう」

真琴はカウンターの椅子に座って、熱い緑茶を飲みつつ一息ついた。工場務めの男性は、どて焼きをつまみながらビールを飲むのが好きだった。喜んでくれるだろうか、と思うと、ほんのりとした期待を覚える。

（みんなに喜んでもらえるこの仕事も……楽しいかもしれない）

客の顔を思い出しているうちに、店内に味噌のこってりした濃厚な香りが漂い始め、鍋を覗くと煮汁が残り少なくなっていた。真琴はどて焼きを小皿に取り、小口切りにしたネギを載せて、箸と一緒に父に渡した。

「味見をお願いします」

真人は黙って皿と箸を受け取った。指示通りに作ったから、おいしいはずだ。しかし、父が厳しい表情でどて焼きを口に入れるのを見ると、やはり緊張する。

「うむ」

真人が小さく声を出した。真琴は息を詰めて父の表情を見守る。

「どう？」

「うまい」

真人の目元が緩んだ。

「よかったぁ」

真琴は全身から力が抜け、その場に座り込みたくなった。しかし、これで終わりではない。真琴は気を引き締めて背筋を伸ばし、母と一緒に副菜の準備に取りかかった。

その日は珍しく、夜の営業時間が始まっても、光牙は来店しなかった。最初の客が来店したのは六時半で、工場務めの男性が四人入ってきた。

「お、なんやえ~匂いがするなぁ」

「今日はどて焼きを作りました」

真琴は四人のテーブルにお茶を運んで言った。

「もしかして、真琴ちゃんが作ったたん？」

五十代後半の男性に訊かれて、真琴は胸を張る。

「はい！」

「食べられるんかいな」

男性はからかうように言って、「ははは」と笑った。その冗談に乗って、真琴も声を出して笑う。

「父に教わりましたから大丈夫ですよ。味は折り紙付きです」

「そこまで言われたら、注文せなしゃーないな」

四人は楽しげに笑い、一人がまとめて注文をする。

「瓶ビールとどて焼き四人前。あとは枝豆の塩茹で」

「少々お待ちください」

真琴は注文をメモして厨房に戻った。静絵と一緒に瓶ビールと四人分のコップ、どて焼きと母が塩茹でした枝豆を運ぶ。

「ごゆっくりどうぞ」

真琴はテーブルを離れて厨房に戻った。このまま客が少なければ、両親に先に夕食を食べてもらおうかと思ったとき、テーブル席から驚きの声が飛んできた。

「ちょっと、真琴ちゃん！」

「はい、なんですか？」

その声の調子に驚きつつ、真琴はテーブル席に近づいた。

「これ、なんの冗談？」

一人の男性がどて焼きの皿を指差したが、真琴は意味がわからず首を傾げた。

「え、どういうことですか？」

四人の男性は一様に顔をしかめて真琴を見る。

「ちょっと待ってや、冗談やないの？　これ、変な匂いがするし、舌がピリピリする。腐ってるんちゃう!?」

「えっ、そんなまさか。味見をしたときは、そんなことなかったです」

「疑うんなら、食べてみぃ」

皿を突きつけられ、真琴はどて焼きに鼻を近づけた。父に教わりながら作ったときとは明らかに匂いが違う。

「そんな……」

愕然とする真琴に、四人は不機嫌そうに言う。

「食材が腐ってるかどうかもわからへんなんて、料理人失格やで」

「真琴ちゃんは料理人に向いてへんのちゃう？」

「知り合いのよしみで、腐った料理を出したことはみんなには黙っといたるけど、二度とこんなことせんといてや」

「なんでもえ～から、はよ食べられるもん出して」

口々に言われて皿を押しつけられ、真琴は頭を下げた。

「も、申し訳ありません。少々お待ちください」

真琴が厨房に戻ると、父は愕然とした表情で鍋を覗いていた。鍋の中のどて焼きも、変色して異臭を漂わせている。

「お父さん……」

真琴は悲しくてたまらず、父を呼んだ。真人は手早くホイル焼きを開けて中を確認する。

「こっちは無事のようだ。今すぐ焼いてお出ししなさい」

真人に小声で言われて、真琴は唇を噛みしめながらホイル焼きをグリルに入れた。


その日の九時前、真琴は休憩をもらうと、店を出て富実川に行った。河原にしゃがんで、暗い川面を眺める。

『料理人失格やで』

『真琴ちゃんは料理人に向いてへんのちゃう？』

さっき客に言われた言葉が耳に蘇った。父のそばで料理をするようになって、少しずつ料理を覚えた。失敗してカリカリになった煮干しの佃煮を食べ、『うまい』と言ってくれた光牙の顔を思い出す。けれど、あれはただのまぐれ。あんなことは二度とない。父に教わりながら作っても、料理を腐らせてしまうのだから。

「やっぱりここは私の居場所じゃないんだ。最初の約束通り、食堂のアルバイトは明日で辞めて、ほかで仕事を探そう」

真琴は川に小石を投げ入れた。川面に広がる波紋を眺めているうちに、じわじわと視界が滲んでくる。すん、と鼻を鳴らしたとき、横に人影が立った。

「なにをしてる」

光牙の声だ。真琴は瞬きを繰り返して涙を散らし、なんでもないふうを装って言う。

「休憩」

「俺のいない間に大変な目に遭ったようだな」

「お父さんに聞いたの？」

「ああ」

真琴はそっけなく答える。

「別にどうってことない」

「本当にそうか？」

真琴は目の奥から熱いものがせり上がってくるのを感じた。震えそうな声を抑えて早口で言う。

「カリカリ煮干し、作ってあるからさっさと食べてきたら」

「……そうだな」

光牙の低い声が答え、目の端に映っていた人影が消えた。真琴は大きく息を吐いて膝に顎をうずめる。目尻から涙が零れたとき、すぐそばで「ニャア」と鳴き声がした。

「キジトラちゃん？」

真琴は手の甲で涙を拭ってキジトラを見た。

「久しぶりだね。どこに行ってたの？」

キジトラはいつものように前足を揃えて座っていたが、その目つきは今までになく柔らかい。

「キジトラちゃ～ん」

真琴は猫を抱き上げた。普段の高飛車な様子から嫌がられるかと思ったが、キジトラは抵抗せずに真琴の膝の上に座った。真琴はその背中を撫でながら、ぶつぶつと零す。

「せっかくおいしくできたどて焼きが、お客様に出したら腐ってたの。精肉屋さんはぎっくり腰になるし、お父さんも捻挫をするし、ほんとに最近嫌なことばかり起こる。全部、貧乏神の仕業なの？　こんなにひどい災いをもたらす神様を、何十年も途絶えていたような儀式で、本当に追い払えるのかなぁ」

真琴は心細くなって深いため息をついた。猫は「ナ～オ」と声を上げて振り返り、真琴の頬に前足を当てた。弱気になるな、というような猫パンチに、真琴は泣き笑いの表情になる。

「あ、そうか。キジトラちゃんは福神様なんだよね。私たちにはキジトラちゃんがついてくれてるんだもん。負けちゃダメだよね」

真琴の目から再び涙が零れ、キジトラは首を伸ばしてそれをぺろりと舐めた。舌の感触がくすぐったくて、真琴は笑みを浮かべる。

「ありがとう、キジトラちゃん。いい子だね、大好き」

猫を抱きしめて頬をすり寄せた。思ったよりも柔らかな毛並みだ。

「そろそろ戻ってお店を手伝わないと。またお父さんに『どこで油を売ってたんだ〜』ってどやされる」

真琴はおどけて言いながら立ち上がった。猫は膝からぴょんと降りる。

「あ、そうだ。キジトラちゃん、この前の猫缶、気に入った？　まだあるんだよ。食べに来る？」

真琴が猫を見ると、猫はぷいっと顔を背けた。さっきまでの優しい態度とは大違いで、真琴は思わず笑みを大きくする。

「好きな味じゃなかったの？」

猫はそうだ、と言うように「ニャア」と返事をして、大きくジャンプした。そして、遊歩道に降り立ったかと思うと、闇に溶け込むように姿を消した。

翌日は昼の営業を休んで、貧乏神送りをする段取りだった。第一自治会の森会長が午後一時に三神食堂に顔を出した。

「この商店街で貧乏神送りを行うのは、わしの祖父の頃以来やなぁ。祖父に聞いた話を思い出すわぁ」

自治会長は真人が自家製の味噌を木しゃもじに取り、コンロの火で炙るのを見ながら懐かしそうに目を細めた。芳ばしい匂いが漂い始め、座っていた椅子から「よいしょ」と立ち上がる。

「味噌の匂いが移ったらあかんし、そろそろ引っ込むとするよ。真人くん、よろしく頼むよ」

森会長が店を出ていき、真人は焦げ目のついた焼き味噌を木製の薄い舟皿に載せた。それを持って商店街を歩き、隠れている貧乏神をおびき出すのだという。

商店街全体に災いをもたらす貧乏神は、いったいどこに隠れているのか。

真人は左手に皿を持ち、立てかけていた杖をつきながら厨房を出た。歩きにくそうなその後ろ姿を見て、真琴は決意のこもった声をかける。

「お父さん、私が行く」

真人は足を止めたが、振り返らなかった。

「真琴には行かせられん」

その頑なな背中を見て、真琴は拳をギュッと握った。

「そんなに私のこと、信用できない？　私に任せるくらいなら、怪我を押してでも行く方がいいって言うの？」

真人はなにも答えず、真琴に背を向けたまま歩き出した。真琴は父の前に回り込み、行く手を塞ぐ。信頼されていない怒りともどかしさに突き動かされ、父の手から舟皿を奪い取った。

「お父さん、私が言い出したら聞かない娘だってことは、わかってるよね!?」

「真琴！」

真人は皿を奪い返そうと右手を伸ばした。体重が右足にかかり、痛みに顔を歪める。

「大丈夫。手順はしっかり頭に入ってる。ちゃんと貧乏神をおびき出して、富実川にお皿ごと流れていってもらう」

真人は杖で体を支えながら一歩踏み出した。真琴は大きく一歩後ずさる。真人は険しい眼差しで娘を見た。真琴は負けじと父の視線を受けとめ、二人はそのまま睨み合った。

「本当におまえは厄介な娘だ」

「今に始まったことじゃないでしょ」

真人は娘の決意が固いのを見て取って、諦めたように細く長く息を吐き出した。

「……わかった。頼む。くれぐれも服に味噌をつけるな。真琴に味噌の匂いがついたら、貧乏神は真琴について戻ってくる」

「うん、気をつける。任せてくれてありがとう」

真琴は舟皿を持って食堂を出た。焼き味噌の匂いが移ってはいけないため、商店街に人の姿はない。だが、二階の窓に人影があり、約百年ぶりに蘇った貧乏神送りの儀式を、カーテンや障子の陰から見守っている。

真琴は商店街のT字の横棒をゆっくりと歩いた。駅に続く出入口には、工事現場にあるような三角コーンが置かれていて、〝一時間の通行止めにご協力をお願いします〟と張り紙がされている。真琴はコーンの手前で方向転換し、T字路に戻った。角を曲がってT字の縦棒に進む。やがて光牙の探偵事務所が入る三階建てのビルが見えてきた。商店街が寂れた原因を『貧乏神』だと言った張本人は、今どこにいるのだろう。今日はまだ一度も姿を見ていない。

そこを過ぎてしばらくすると、商店街振興組合の事務所の前を通りかかった。組合員が集まって、商店街のイベントを企画したり、寄せられた要望について話し合ったりする二階建ての建物だ。白かった壁がいつもよりも薄汚れて見えることに真琴は気づいた。

（このビル、こんなに汚れてたっけ……？）

直後、真琴の背筋に悪寒が走った。

（まさか、ここに貧乏神が……？）

額に冷や汗が滲み、皿を持つ手が震えた。怖くて不安で足が止まりそうになる。けれど、父にあれだけの啖呵《たんか》を切って、任されたのだ。

（お父さんのために……商店街のみんなのために、しっかりやり切らなくちゃ）

真琴は歯を食いしばり、背筋を伸ばした。勇気をかき集めて歩を進める。揚げ物店や乾物屋の前を通って、福猫えびす神社に続く横断歩道に出た。そこで神社に向かわず、川の遊歩道に続く石段を上がる。そのときになって初めて、真琴は背後にはっきりとした気配を感じた。ぞっとするような不気味で冷たい空気だ。ゆっくりと肩越しに目を向けると、ぼさぼさの白髪頭で、あちこち破れた茶色の着物を纏い、骨と皮だけの痩せこけた老人がいた。真琴と目が合って、黄ばんだ顔がニタ～ッと笑った。歪んだ唇の間から、歯がところどころ欠けているのが見える。

(あれが貧乏神……?)

真琴はゴクリと唾を飲み込み、土手を下りて富実川に向かった。枯れた葦を踏んで水辺に近づき、大きな石の上に乗って皿を水に浮かべた。皿は流れに乗って、川面をゆっくりと下る。岸の近くは三十センチほどの水深だが、川下に行くにつれて深くなる。焼き味噌が大好きな貧乏神をそうやって溺れさせるのだと光牙から聞いた。

真琴は貧乏神の気を引かないよう、足音を忍ばせて河原に戻った。貧乏神が皿を追って川に入れば、儀式は成功だ。じっと待っていたが、貧乏神は真琴の数歩先に立ったまま動かない。

(私が……人間が見ているから焼き味噌を追って行かないの?)

真琴は貧乏神の方を見ないようにしながら遊歩道に戻った。そして、振り返って、心底驚いた。なんと貧乏神は真琴の後をついて、土手を上ってきているのだ!

（嫌だ。どうして？）

　真琴は川に向かって斜面を駆け下りた。

「あなたの好きな焼き味噌はあっちでしょう!?」

　真琴は流れていく焼き味噌の皿を追いかけ指差した。貧乏神はその貧相な体からは想像もつかない速さで真琴を追ってくる。真琴は必死で走り、やがて河原はコンクリートの護岸に変わった。その先はフェンスで遮られて、それ以上進めない。振り返った真琴は、貧乏神が迫ってくるのを見て、フェンスに背中を押しつけた。

「ど……うして……」

　真琴は青ざめ、肩越しに川を見た。焼き味噌の載った皿はどんどん川下に流され、もう米粒ほどに小さくなっている。貧乏神は真琴の数歩前で足を止めた。

「おまえに焼き味噌の匂いが染みついている」

　貧乏神がぞっとするようなしわがれ声で言った。

「そんな……」

　真琴はダウンジャケットを脱ぎ、匂いを落とそうと夢中ではたいた。それを見て、貧乏神は汚れた歯を見せて嫌らしく笑う。

「焼き味噌も好きじゃが、おまえも好きじゃ」

「は!?」

　真琴は目を剝いて貧乏神を見た。貧乏神は骨張った指で真琴を指差す。

「おまえのその無い物ねだりの思考は大好物じゃ」

貧乏神がケタケタと笑い声を上げた。そのおぞましい表情を見て、真琴は足がすくんで動けなくなった。貧乏神がゆっくりと真琴に近づいてくる。恐怖のあまり悲鳴を上げようとしたとき、足元に茶色っぽい影が降り立った。

「キジトラちゃん！」

いつものようにピンチのときに駆けつけてくれた。そのことに涙が出そうなくらい安堵した直後、いきなりキジトラが飛びかかってきた。

「きゃあっ」

鋭い爪をよけようと飛び退いた先に、地面はなかった。真琴は大きな水音を立て、川に落ちる。太ももまで冷たい川に浸かり、跳ね上げた水を頭から浴びた。

味方だと思っていたキジトラの行動に、真琴は愕然とした。そのとき、護岸の貧乏神が鼻をひくひくと動かし、ずぶずぶと川に入ってきた。貧乏神が両手で水をかき分け、真琴に近づいてくる。

「嫌ぁっ」

逃げようとして足がもつれ、真琴は川の中で尻餅をついた。必死で立ち上がろうとする真琴の目の前を、貧乏神は素通りした。

「えっ？」

貧乏神は川下に流れていった皿を追って、川の中を歩いていく。

（どういうこと？）

真琴は貧乏神から目を離さずに立ち上がり、護岸をよじ登った。全身ずぶ濡れで、水を吸った服は重く、ボタボタと音を立てて滴が落ちる。手に持っていたジャケットもぐっしょりと重い。

真琴はジャケットを絞って羽織ったが、昼過ぎとはいえこの時期に濡れた体で外にいるのはさすがに寒い。ガタガタと震える体を両腕で抱きしめたとき、肩にふわりとウールのコートがかけられた。顔を上げると光牙が立っている。

「キジトラちゃんはどこ？　このひどい仕打ちはなんなのっ!?」

真琴の文句を聞いて、光牙はふっと笑みを零した。

「水で洗われて、焼き味噌の匂いが落ちただろ？」

真琴は「あっ」と声を上げた。

「キジトラちゃんが私を川に落としたのは、そのためだったの？」

「そうだ。貧乏神はおまえを追うのをやめただろう？　やつは最後、焼き味噌とともに海に行き着くはずだ」

真琴は川下に顔を向けた。いつの間にか貧乏神の姿は見えなくなっている。

「あいつ、私の無い物ねだりの思考が大好物だって言ってた。貧乏神が商店街に来たのは……私のせいなの？」

真琴は罪悪感に襲われて目に涙が滲んだ。

「いや。商店街の状況を考えたら、やつがここに住み着き始めたのは、経営が急激に悪化した半年前のはずだ。おまえのせいじゃない」

「本当に？」

「ああ」

光牙の言葉に安心すると同時に、突きつけられた現実に胸が痛くなる。

（でも、私はあいつに気に入られるような考え方をしてたんだ……）

ファッションやメイクはいつでも流行の最先端。センスのある言葉が飛び交い、時間の流れが早い。お金を出せばすぐにきれいなアクセサリーやおいしい食事が手に入る。そんな華やかできらびやかな都会で、ドラマに出てくるようなかっこいいキャリアウーマンとして、一人で強く生きたかった。

『真琴ちゃん、また男の子を泣かしたん？』

『男の子を投げ飛ばすようじゃ、お嫁に行かれへんよ』

そんな過去を蒸し返されることもなく、自分でも思い出さずに済む場所。そんなところにいたかった。

（それが無い物ねだり……）

冷たい風が吹いて、真琴の歯がカチカチと鳴った。真琴はチャコールグレーのコートの前をギュッと合わせる。

「コートを汚してごめん」

「構わない。それは真人に借りたものだ」

光牙の言葉に驚いて、真琴はコートを見下ろした。父が持っているかどうかは知らないが、父の年代の男性が着そうなデザインだ。

「真人の調査を請け負う見返りとして、衣食を世話してもらっている」

「金銭の代わりに服と食事を受け取ってるってこと……？」

「ああ」

それで今までタダで食べていたのかと真琴は納得した。

「なにも知らず、『タダ飯を食べてる』とか言ってごめんなさい」

「気にしていない」

「お父さんがちゃんと説明してくれたらよかったのに」

「説明しても信じなかっただろ」

「そうだね。実際に見ても、あやかしの存在をなかなか信じなかったんだから……」

真琴は目にじわじわと熱いものが浮かんで、下唇を噛みしめた。憧れていた都会で居場所を失い帰ってきたものの、最初から父には歓迎されていなかった。妹と違って頭が固くて意地っ張りで……そんな自分がいたら、父だってやりにくいのだろう。

真琴はトボトボと歩き出した。光牙は真琴の歩調に合わせてゆっくりと歩く。

「真人がおまえにきついことを言ったのは、おまえを巻き込みたくなかったからだ」

真琴は首を傾げて光牙を見た。彼は前を向いたまま話を続ける。

「三ヵ月前、真人から商店街の窮状について相談を受けた。調べていくうちに、人ならざるものの力を感じ、それを真人に伝えた。ちょうどその頃、おまえが東京から帰ると連絡してきたんだ。あのとき、真人は困惑して言った。『真琴は正義感が強く不器用で、気持ちのままに行動する。そのせいで何度も損をしてきた。そんな真琴を危険な目に遭わせたくない』と。だから、真人はおまえがここに愛想を尽かして出ていくよう、冷たくあしらった」

「本当に……？」

真琴は信じられない思いで光牙を見た。真琴の潤んだ目を、光牙は温かな眼差しで見つめ返す。

「おまえが真人の立場だったら、どう考えた？」

過去の自分を思い出し、父の性格を考えて、真琴はゆっくりとつぶやく。

「私に……帰ってきてほしくないって……考えたはず」

温かな涙が目尻から溢れ、髪から垂れる滴と混じった。

「私、お父さんに嫌われてるんだって、ずっと思ってた」

「だろうな。おまえと真人は本当によく似ている」

そう言った光牙の声には優しい笑みが含まれていた。

（私はいったいなにを見てきたんだろう……）

智孝を投げ飛ばした一件以来、かけられる言葉すべてに反発してきた。

『男の子を投げ飛ばすようじゃ、お嫁に行かれへんよ』

その言葉は、文字通り男性に敬遠されて結婚できなくなるという意味ではなく、乱暴なことをしてはいけない、という注意や心配の表れだったのかもしれない。

真琴にとっては〝またか〟と思いたくなる言葉だったが、口にする人はすべて違う人だった。それは、この辺りの人が大切にしてきた、〝よその子もうちの子〟という人と人のつながり、お節介がもたらす絆なのだろう。

そのことに思い至り、穏やかな気持ちが全身へと広がっていく。

やがて、商店街の入口が視界に入ってきた。くすんだガス灯型の街灯、色あせたアーケード、文字のかすれた看板。古くさく見えていたそれらが、今はどこか懐かしく、温かく感じられる。

そのとき商店街の中から突然名前を呼ばれた。

「真琴ちゃん！」

大きく手を振りながら近づいてきたのは、揚げ物店の女性店主だった。

「ずぶ濡れやないの！　ちょっとおいで」

店主は真琴の手首を摑んで、真琴をぐいぐいと引っ張っていく。真琴は戸惑いながら光牙を見た。彼は両手をスラックスのポケットに突っ込んで、小さく肩をすくめる。

「甘えろ」

「えっ？」

光牙はなにも言わず、その場で足を止めて、店主に連れ去られる真琴を見送った。

「ちょっと待っててや」

店主は店頭で真琴の手を離した。さまざまな種類のコロッケやカツが並んだショーケースの向こうに回り、電気ストーブを抱えて戻ってきたが、黒いコードがピンと張り、途中で動けなくなる。

「コードが届かへん。真琴ちゃん、こっちおいで」

店主はコードが届くギリギリの位置に電気ストーブを置いて、真琴を手招きした。真琴は遠慮がちにストーブに近づいた。足元からほんのりと温かくなり、店内に漂う揚げ物の匂いに包まれる。

「ちょっと待っててや」

店主はエプロンのポケットからスマホを取り出し、操作して耳に当てた。

「あー、私、ヨウコ。チエちゃん、今いける？　真琴ちゃんがずぶ濡れやねん。このままやったら風邪引いてまうわ」

そうしてしばらく相手の話を聞いてから頷く。

「ほな、今から連れていくな」

店主・ヨウコは早口で通話を終えて、真琴の右手を取る。

「ほな行こか」

「どこへですか？」

「銭湯」

真琴は驚いて左手を振った。

「えっ、大丈夫です。私、家に帰ってシャワーを浴びますから」

「シャワーじゃ温《ぬく》もられへん。商店街のために貧乏神送りをしてくれた真琴ちゃんを、濡れ鼠のまま家に帰せるわけないやろ」

ヨウコは真琴の手を引いて強引に歩き出した。T字の縦棒の中程にある銭湯の前に着いたとき、中から銭湯の店主の妻・チエが出てくる。

「真琴ちゃん、さあ、どうぞ」

チエは真琴の背中を押して、大きな富士山が描かれ、〝ゆ〟と白抜きされた紺色の暖簾をくぐらせた。

「あの、でも、私、お財布を持ってないんで、本当に結構です」

真琴の言葉を聞いて、チエは顔をしかめた。

「困ったときはお互い様って言うやろ」

チエは真琴を女性用脱衣所に押し込み、バスタオルとフェイスタオル、それにミニサイズのボトルに入ったシャンプーとトリートメント、ボディーソープを渡した。

「ゆっくり温もりや」

「あの……」

「遠慮はなしやで。ほなね」

真琴の前でぴしゃりと脱衣所のドアが閉まった。

『甘えろ』

耳に光牙の声が蘇り、真琴は素直にチエの厚意に甘えることにした。肌に張りついて気持ち悪い服を脱いでカゴに入れ、浴室に続く磨りガラスのドアを開けた。そのとたん、もわっとした熱気に包まれる。

「鞠絵ちゃんに連絡して、服を持ってきてもらうしな〜！」

脱衣所の方からチエの声が聞こえてきた。

この銭湯には、幼い頃、祖母に連れられて何度か来たことがある。洗い場はそのときと同じ、白いタイル貼りのままだ。湯船の向こうの壁に大きな富士山の絵が描かれているのも変わっていない。

真琴は黄色いバスチェアに座って、濡れて冷えた髪と体を洗った。大きな湯船に浸かって、手足を伸ばす。少し熱めの湯が心地いい。湯船には黄色い柚子の実がいくつも浮かんでいて、真琴はほんのりとした柑橘系の香りを思いっきり吸い込み、頭を浴槽の縁にもたせかけた。

そのとき、磨りガラスのドアの向こうから、鞠絵の声が聞こえてくる。

「お姉ちゃん、新しい服を持ってきたよ〜。濡れた服は持って帰るから、ゆっくりしてってね」

「ありがとう」

真琴は大きく伸びをした。大きな風呂はさすがに気持ちがいい。目を閉じて息を吐き出すと、体の隅々までほぐれていくようだ。

(確かに、家に帰ってシャワーを浴びただけじゃ、こんな気分になれなかったかもしれない……)

すっかりリラックスしてポカポカに温まり、風呂から上がった。鞠絵が持ってきてくれた服に着替えて、ドライヤーで髪を乾かす。髪を一つに結んで待合室に出ると、鞠絵とチエがソファに座っていた。

「ありがとうございました」

真琴がチエに礼を言うと、チエはソファから立ち上がった。

「真琴ちゃん、お疲れ様。みんなが真琴ちゃんに食べてほしい言うて、持ってきてくれたんよ」

チエが年季の入ったローテーブルを示し、そこに並んでいるものを見て、真琴は目を丸くした。舟皿に載ったタコ焼きからはホカホカと湯気が上がり、ソースの上でカツオ節が躍っている。紙皿には、こんがりキツネ色に揚がったコロッケと、鮮やかな赤色をした紅生姜の天ぷらが載っていた。ほかにもおにぎりや厚焼き卵のサンドイッチ、ウサギ型にカットされたリンゴ、ホットコーヒーの入ったポットがあった。

「お腹空いたやろ。遠慮せんと食べてや」

「こんなにたくさん……?」

真琴は申し訳ない気持ちになったが、鞠絵は嬉々とした表情でチエを見る。

「おばちゃん、私も食べていい？」

「えーよ、えーよ」

「わーい、いただきま〜す」

鞠絵は爪楊枝に刺したタコ焼きを口に入れた。

「熱っ。でも、おいしい〜」

はふはふしながら頬張る鞠絵の様子を見て、真琴はゴクンと喉を鳴らした。

「ほら、真琴ちゃんも」

チエに勧められるまま、真琴はソファに座って、できたてのタコ焼きを口に入れた。とろっとした熱々の生地から、ぷりぷりの大きなタコが出てくる。

「おいしい！」

続いて食べた揚げ物屋の女性店主自慢のコロッケは、ほくほくのジャガイモに砂糖醤油が利いた挽肉が、シンプルで懐かしい味。スライスした紅生姜に衣をつけて揚げた天ぷらは、シャキシャキした食感とぴりっとした辛さが特徴で、ビールがないのが残念なくらいだ。蜜入りのリンゴは噛むとしゃりっと音を立て、甘い果汁が口中に広がった。ポットから注いでもらった喫茶店のオリジナルブレンドコーヒーは、渋みと酸味が感じられる味わい豊かなものだった。

「私、商店街の名物を一度にこんなに食べたのは初めて！」

鞠絵が嬉しそうに言い、真琴はローテーブルの上を見回した。これらは全部この商店街でずっと作られてきたものだ。昔からの味を守り、ときに改良を加えて。そんな商品の一つ一つに、商店主たちのプライドが現れている。

（この町のいいところに目を向けず、ここは私の望む場所じゃないって……どうしてそんなふうに思い込んじゃったんだろう……）

都会でも上司を投げ飛ばしたことは会社中に知れ渡ってクビになった。『取引先に暴力女だと話しておくから、この辺りではもう働けないと思え！』と言われ、その通りになった。自分の行動がいいことも悪いことも、あっという間に広がるのはどこでも一緒だ。

自分は一人で生きている、一人で生きていけるつもりだった。でも、そうではないのだ。父が大切にしてきたものの真の価値を知って、真琴は目頭が熱くなるのを感じた。

十二月に入り、商店街はクリスマスセールで活気を取り戻しつつあった。工場は製品の受注が増えたとかで、従業員が三神食堂に来る回数も増えた。商店街で働く人々や、訪れる客の表情も、以前より明るくなっている。そして、忙しくなったという理由で、真琴のアルバイトは年末まで契約が伸びた。

そんな十二月最初の日曜日。真琴は食堂の手伝いを休んで、高校の同窓会に参加した。

会場は隣の市のレストランで、真琴は懐かしい友人たちと楽しく食べて飲んで、いい気分で福木町駅に戻った。電車から寒いホームに降り立ったとき、腕時計の針は夜の十一時半を指していた。

（遅くなっちゃった）

駅の近くに人の姿はなく、真琴はふわふわした楽しい気分で横断歩道を渡った。そのとき、前方に一人の老人が歩いているのが見えた。

茶色のボロボロの着物を纏った白髪の老人だ。

その老人の正体に気づいて、真琴の酔いは一瞬にして醒めた。

（どうしてまた貧乏神がこんなところにいるの⁉）

貧乏神はT字の横棒をまっすぐに進んでいる。真琴は緊張しながら後をつけた。見失わないよう、貧乏神の背中を睨みながら、バッグの中のスマホを手探りしたとき、貧乏神の前に一人の男がいるのに気づいた。紺色のスーツに黒いコートを着た四十代くらいの男で、左手には舟形の皿を持ち、右手には和紙に柿の渋を塗り重ねた渋団扇を持っている。男が団扇を揺らし、真琴の鼻にほんのりと芳ばしい匂いが届いた。目を凝らすと、男の左手の皿には焼き味噌が載っている。

いったいなぜそんなことをしているのか。

「ちょっと！」

真琴はとっさに男に呼びかけていた。振り返った男は、髪は短く顎は細くて、銀縁の眼鏡をかけた神経質そうな印象だ。真琴と目が合い、男の吊り上がった目が見開かれたかと思うと、男はいきなり走り出した。貧乏神は男を追って歩調を速める。

男がT字路を曲がり、貧乏神も続いた。

「せっかく追い払ったのに、冗談じゃないわ！」

真琴が全速力で角を曲がったとき、男はサニースカイ広場のステージに差しかかっていた。ステージの陰から光牙が現れ、男の行く手を塞ぐ。

「もう逃げられないぞ」

「光牙さん！」

光牙と真琴の間に挟まれ、男は舌打ちをした。真琴は強い口調で男に尋ねる。

「あなた誰なの？」

男は無言で光牙をチラッと見たかと思うと、身を翻し、真琴に向かって突進してきた。

「ほらよっ」

焼き味噌の皿を投げつけられ、真琴は反射的に飛び退いた。その間に男は真琴の横をすり抜ける。

「忘れ物だ」

光牙が舟皿を拾って、男に投げつけた。皿は男の背中に当たって地面に落ちたが、コートの背中には焦げ茶色の味噌がついていた。

「待ちなさいっ」

真琴は全速力で男を追いかけた。だが、商店街を出たとたん、男は停まっていた黒いセダンの後部座席に飛び込んだ。ドアが閉まらぬうちから、車はタイヤを軋ませ急発進する。

「ああ、もう！」

真琴はスマホを取り出し、走り去る車の動画を撮影した。車が角を曲がり、真琴は撮影を終了して動画を再生したが、暗くてナンバープレートの数字は読み取れなかった。

（一か八か、走って追いかけよう）

そう思って走り出そうとしたとき、光牙の声に止められる。

「待て」

「なによっ⁉」

振り返った真琴の目の前を、貧乏神が通り過ぎた。ギョッとする真琴の横に光牙が立つ。

「やつは焼き味噌の匂いを追っている」

「ほんとに？」

「ああ」

真琴が見ていると、貧乏神は光牙の言う通り、セダンが走り去った方向に歩いていく。

「じゃあ、あいつの後をつけたら、あの男がいるのね」

「俺が行く。おまえは危ないから帰れ」

「嫌」

真琴が即答し、光牙はため息をつく。

「本当に頑固者だな」

「どうせお父さんに似てるって言うんでしょ」

真琴はそう言うと、貧乏神を追って歩き出した。光牙はそれ以上なにも言わず、真琴に並ぶ。

二人の先を歩く貧乏神は、目的地がわかっているかのように、迷いなく進んでいる。

「焼き味噌の匂いなんてぜんぜんしないのに……」

真琴のつぶやきに、光牙が低い声で答える。

「人間にはわからなくても、やつにはわかるんだ」

貧乏神を追っているうちに府道に出た。辺りには刈り入れの終わった田んぼが広がっていて、ところどころにある街灯が、アスファルトの路面をほんのりと照らしている。間もなく日付が変わるというこの時間、車通りはまったくと言っていいほどない。

三十分ほど歩いて足が痛くなってきた頃、隣の市に入った。貧乏神は住宅街を抜け、やがて低層ビルが林立する駅前に着いた。

「電車に乗ったら二駅だったのに」

真琴が零したとき、貧乏神は味気ない鉄筋コンクリートの三階建てビルの前で立ち止まった。鼻をひくひくさせて匂いをかぎ、ビル横の階段を上っていく。貧乏神の姿が消えて、真琴はビルに駆け寄った。二階の窓は暗く、〝貸店舗〟の張り紙がされていたが、三階には明かりが灯っていて、〝インテグレーテッド・エステート〟という不動産会社の看板が出ていた。横の駐車場には見覚えのあるセダンが駐まっていて、ボンネットを触るとまだ温かい。

「不動産会社の人がいったいどうして貧乏神を……？」

真琴はセダンの横に立って、不動産会社の窓を見上げた。

「調べるしかないな」

「どうやって？」

真琴が見ると、光牙はニヤッと笑った。

「任せろ」

言うやいなや、光牙は駐車場に面した非常階段の柵に両手をかけ、ひらりと飛び越えた。

「光牙さん!?」

真琴が驚いて声を出し、光牙は柵の向こうで右手の人差し指を立てて唇に当てる。

「静かに。おまえは隠れてろ」

真琴は無言で頷き、非常階段の近くに駐まっていた黒いミニバンの陰に身を潜めた。光牙は足音を立てずに階段を上り、突き当たりにある柵を掴んで軽々と乗り越えた。ビルの屋上に着地し、月明かりの下、ぐるっと周囲を見回している。

いったいなにをするつもりなのかと見ていたら、光牙は両手を口に当て、猫のような鳴き声を上げ始めた。

「ニャ～オ」

まるで本物の猫が鳴いているみたいだ。

（う、うまいけど、どうして!?）

光牙の声が響き渡り、真琴の心拍数が跳ね上がった。なおも光牙が鳴き真似を続けるので、真琴はハラハラして押し殺した声で彼に呼びかける。

「光牙さん！」

その直後、真琴の目の前を黒猫が駆け抜けた。

「えっ」

続いて白猫、ブチ猫、また黒猫、次は三毛猫、サバトラ模様の猫……。次々に猫がやってきては非常階段の柵を跳び越え、階段を上っていく。光牙の鳴き真似に呼ばれてきたかのようだ。真琴の前を十数匹ほど通り過ぎたかと思うと、猫たちは三階に集まって大きな声で鳴き始めた。

「ニャー」

「ナオーン」

「ブミャー」

猫の大合唱が始まった。いったいなにが起こっているのか。

真琴が不安な面持ちで見守っていると、三階の非常ドアが乱暴に開いた。明かりが漏れて、男の怒鳴り声がする。

「うるせえっ、静かにしろ！」

直後、大きな音を立てて非常ドアが閉まり、猫の鳴き声が止んだ。猫たちは急に興味を失ったように、次々と帰っていく。真琴は目を凝らしたが、屋上に光牙の姿はなかった。

（いったいなにがあったの？　光牙さんはどこに行ったの⁉）

探しに行こうかと思ったが、『おまえは隠れてろ』と言われている。

ヤキモキしているうちに、三階の明かりが消えた。しばらくしてビルの階段を下りる複数の足音が聞こえ、セダンの前に三人の人影が立った。真琴はミニバンの陰で息を潜める。

「今度こそぬかるなよ」

野太い男の声がして、真琴は車の陰からそーっと覗いた。暗がりの中、細身の男が助手席のドアを開け、太った男が乗り込んだ。細身の男は助手席のドアを閉めて運転席に回る。すぐにエンジンがかかって車が走り出した。残った男が頭を下げて見送る。車のエンジン音が聞こえなくなり、男が顔を上げた。街灯の光を浴びて眼鏡の銀縁がキラッと光る。

（あいつだ！　捕まえてやる！）

飛び出そうとした瞬間、後ろから手で口を塞がれ、首に腕を回されて動きを封じられた。抵抗しようとしたとき、耳元で「静かにしろ」と押し殺した声がした。目を動かすと、数枚の紙を咥えた光牙の顔がすぐそばにある。

そのとき、男がぶつぶつ言う声が聞こえてきた。

「くそっ。とんだ邪魔が入ったせいで、またやり直しだ。貧乏神神社から貧乏神を誘い出すのは面倒きわまりないのに……」

男は独りごちながらミニバンに近づいてきた。真琴は光牙に促され、ミニバンの後ろにある植え込みの陰に身を隠した。男は運転席に乗り込み、すぐにエンジンをかけて発車した。エンジンの音が遠ざかって聞こえなくなり、真琴は大きく息を吐き出す。

「いったいなにをやってたの？」

真琴はしゃがんだまま光牙を見た。光牙は咥えていた紙を右手で持つ。

「猫を騒がせて、非常ドアが開いた隙に中に入った」

「え、どうやって？　普通見つかるでしょ!?」

「小さくなったら見つからない」

「そんなわけないでしょ。どこから侵入したの？」

その問いに答えず、光牙は右手の紙を真琴の方に向けた。真琴はスマホを取り出しライトで紙を照らす。その表紙には〝福木町駅前、住宅・商業複合マンション建設計画〟と印字されていた。

「なにこれ」

「やつら、商店街の土地を安く買い叩いて、住宅・商業複合マンションを建設しようとしている。福木町にベッドタウンとしての役割を見込んでいるようだ」

「住宅・商業複合マンションって……低層階にスーパーマーケットとかクリニックが入ってて、マンション自体が町みたいになってる建物？」

「そうだ。商店街を経営難に陥れ、地価を引き下げてから土地を買い、店主たちを追い出そうという魂胆らしい」

「汚いことをするのね。商店街がなくなったら、福木町らしさが消えてしまう！　そんな勝手なこと、絶対に止めなくちゃっ」

真琴は勢いよく立ち上がったが、一方の光牙はゆっくりと腰を上げる。

「放っておけ」

「は!?」

真琴は目を剝いて光牙を見た。彼が平然とした表情でコートのポケットに両手を突っ込むのを見て、真琴は彼に食ってかかる。

「冗談じゃないわ！　そんな卑怯な手を使う悪徳不動産業者の思い通りにはさせない！」

「ならば、具体的にどうするつもりだ？」

光牙に冷静な目を向けられ、真琴は言葉に詰まった。

「そ、それは……」

「放っておけばいい」

「放っておけるわけないでしょ！」

真琴は声を荒らげた。

「人の話は最後まで聞け。貧乏神はあの不動産会社が気に入ったらしい。姑息な手段を使って自分たちの欲を叶えようとする貪欲なやつらの巣だ。この上なく居心地がいいんだと」

真琴は瞬きをして光牙を見た。

「それって……貧乏神がそう言ってたの？」

「ああ。さっき話をした。だから、放っておけば、いずれあの不動産会社は自滅する」

「本当に？」

「半月もすれば俺の言った通りだとわかるはずだ」

光牙が言って駐車場の外に向かい始めるので、真琴は慌てて彼を追った。

「本当に放っておけばいいの？」

疑わしげな真琴の言葉を聞いて、光牙は小さくため息をついた。

「そう言っただろ。いいかげん神託《しんたく》を信じろ」

「神託？」

「辞書を引け」

「や、意味は知ってるけど……」

真琴は足を止めてビルを振り返った。まだ半信半疑だったが、貧乏神が住み着いたというそのビルは、心なしか傾いているようにも見える。

「帰るぞ」

光牙が肩越しに真琴を見た。真琴は急いで彼に並ぶ。

「足は大丈夫か？　疲れているならタクシーを呼ぶが」

「大丈夫。それより、あの、今日はありがとう」

真琴が心からの感謝を伝えたのに、光牙は顔をしかめた。

「おまえが素直だと気持ち悪いな」

「なにそれ！」

真琴は頬を膨らませて前を向いた。静かな夜の歩道を歩いているうちに、ずっと気になっていたことを思い出す。

訊くなら今だ。

真琴が光牙を見ると、視線に気づいた彼が横目で見た。

「なんだ？」

「光牙さんって……いったい何歳なの？」

「何歳に見える？」

ニヤリとされて、真琴は不満の声を出す。

「私が先に訊いたんだけど」

光牙が視線を前に戻し、真琴は話を続ける。

「お父さんが小学一年生の頃、光牙さんに助けられたって言ってた。光牙さんは……お父さんと同じくらいの年齢なの？」

「そうではない」

光牙は低い声で答えた。

「えっ、まさかお父さんより年上？　それなのにそんなに外見が若いってことは……整形手術をしたの？」

光牙の横顔が苦笑した。

「そういう想像力は旺盛なんだな」

「だって……年齢よりもずっと若く見える理由って、そのくらいしか思いつかない」

「〝キジトラちゃん〟が何百年も生きているとしたら、どう思う？」

話を変えられたことに不満を覚えつつ、真琴は答える。

「キジトラちゃんは福神様なんだから、超長生きしてても別に不思議じゃないと思う」

「ふぅん。おまえは〝キジトラちゃん〟のことだったら、普通に受け入れるんだな」

「だって、キジトラちゃんはかわいいし、優しいし、強いもん。私がピンチになったときには、いつもどこからともなく現れて助けてくれる。キジトラちゃんは特別」

光牙は真琴を見て、口元に大きな笑みを浮かべた。

「〝キジトラちゃん〟にとってもおまえは特別だ」

まっすぐ見つめられて、真琴はドギマギしながら答える。

「そ、そうかな。そうだと嬉しいんだけど」

「退屈しないからな」

「は？」

「福神に対等に接するのはおまえくらいのものだ」

その言葉に真琴はハッとする。

「そ、そうだった。キジトラちゃんは福神様なんだった。もっと敬うべき……だよね？」

真琴が上目で光牙を見ると、彼はふっと笑みを零した。

「おまえはそのままでいい。そのままのおまえを気に入っている」

「ほんとに？　キジトラちゃんは今のままの私を気に入ってくれてるの？」

「ああ」

光牙の言葉を聞いて、真琴の胸がほわんと温かくなった。キジトラに会いたくなり、近いうちに福猫えびす神社を訪ねよう、と思いながら、足取りを弾ませた。

最終章

翌日の午後六時。いつものように夜の営業時間が始まると同時に、光牙が来店した。

「いらっしゃいませ」

迎えた真人に、光牙はニヤリと笑う。

「これで真人の依頼も無事に解決したわけだ」

「おかげさまで。心から感謝しています。ご注文はいつも通りでよろしいですね？」

「ああ」

真人から目で合図を受け、真琴はカリカリ煮干しと出汁巻き卵をプラスした魚定食を光牙の前に運んだ。彼はピンと背筋を伸ばし、胸の前で手を合わせる。

「いただきます」

光牙は厚揚げのさっと焼きに箸を入れた。真琴が厚揚げを焼いて、小口切りにしたネギとすり下ろした生姜、カツオ節を載せて醤油を垂らしたものだ。東京で一人暮らしをしている間、真琴が唯一作っていたビールのアテである。

「ふむ」

一口食べて、光牙は口元に笑みを浮かべた。誰が作ったのかを瞬時に察したような表情で、真琴を見る。

「焼いただけだな」

真琴の頬にさっと赤みが差した。

「失礼ね！　薬味も載せてるでしょっ」

光牙は頬を緩めた。続いて大根と人参の味噌汁を飲み、わずかに顔をしかめる。

「繊細さがない。これも真琴が作ったな」

「悪かったわね」

「おまえ、来年も三神食堂で働く気か？」

せっかく昨日心から感謝したのに、カチンと来ることを言われて、真琴はつい喧嘩腰になる。

「料理が下手だから、続けるなって言いたいの!?」

「おまえには料理人より、もっと向いているものがある」

光牙がニヤッと笑い、真琴はどんな嫌なことを言われるのかと身構えた。

「俺の助手だ」

「は？」

予想外のことを言われて、真琴はまじまじと光牙の顔を見る。

「探偵業が気に入ったから、もう少し続けるつもりなんだ」

「だったら、〝助手募集中〟って求人広告を出せばいいじゃない」

「俺は真琴がいい」

光牙の言葉に驚いて、真琴はつかえながら答える。

「え、ど、どうして?」

「言うまでもない。好きだからだ」

形のいいアーモンドアイに見つめられ、真琴の心臓が大きく跳ねた。最後に男性に『好きだ』と言われたのは、何年も前の話だ。真琴の顔がみるみる赤く染まる。

直後、光牙がニヤッと笑った。

「おまえの作るカリカリ煮干しが」

「え?」

「船場汁も好きだ」

意地の悪い笑みを浮かべる光牙の唇から、鋭い犬歯が覗いた。

(か、からかわれたんだっ)

勘違いしたことが恥ずかしく、真琴は真っ赤な顔を背けてつっけんどんに言う。

「〝自称神様〟の探偵の助手なんてお断り!」

「それは残念だな。次の仕事は商店街を盛り上げることだったんだが」

「えっ、あなた、そんな仕事も請け負うの?」

真琴は興味を覚えて光牙を見た。真琴の心の動きを知ってか知らずか、光牙は右手を顎に当てて考えるような仕草でつぶやく。

「あのSNSとかいうやつで、料理じゃなくて食べた人の笑顔を載せるというのは、いいアイデアだと思ったんだがな……」

真琴は光牙の隣の椅子の背を摑んで、彼の方に身を乗り出した。

「それ、いいアイデア！　間接的に料理の良さが伝わると思う！」

「興味があるなら手伝わせてやっても構わないが」

光牙に思わせぶりな視線を向けられ、真琴はもどかしげに眉を寄せる。

「うー……興味はある……大ありだけど……どて焼きのリベンジもしたいし……」

真琴がぶつぶつ言うのを見て、光牙は口元に小さく笑みを浮かべた。

「ゆっくり考えてくれて構わない」

「返事、いつまでなら待ってくれるの？」

真琴はうかがうように上目で光牙を見た。光牙はわずかに目を大きくする。

「いつまででも構わない」

「ほんとに？」

「ああ。待つのは苦じゃないんだ。寿命は長い方だからな」

光牙はニヤリと笑って、カリカリ煮干しを口に入れた。満足げな表情で目を細め、一声
「ニャア」と鳴いた。


〈了〉

あとがき

はじめまして、の方も、お久しぶり、の方も、こんにちは！　このたびは『福猫探偵～無愛想ですが事件は解決します～』をお読みくださいまして、ありがとうございます。

私事ですが、私、大阪府のとある田舎町で育ちました（母が里帰り出産をしたので、生まれは香川県です）。入学した高校が、電車で五駅の市にあり、その町出身の生徒が学年で（たぶん）七人だけだったのもあって、よく「町民～」といじられました（笑）。そのため〝市民〟という響きに並々ならぬ憧れを抱き、就職後に点々としつつ、現在は憧れの〝市民〟生活を送っています（離れてから、出身町のいいところに気づきました）。

とはいえ、都会だからか（？）、周囲の人のしゃべるスピードも動きも速く（私が遅いだけという説あり）、ついていくのが大変……と思ったことも（もう慣れましたが）。

ある日、長男が電車で帰ってくるため、次男を連れて商店街の駅前出口で待っていたときのこと。急に雨が降り出し、次男と「困ったね～」と話していたら、突然見知らぬ女性が「この傘使って！」と濡れた折りたたみ傘を差し出してきました。驚いてとっさに断ったのですが、女性は「私、そこの○○屋の店主やねん！　もう濡れずに帰れるから。傘はいつ返してくれてもええし。こんな傘で悪いけど」と、遠慮する私に半ば強引に傘を貸してくれました。おかげで長男と次男は濡れずに帰ることができました（私はフードを被って帰りました）。

女性の親切に胸がものすごく熱くなって、泣きそうになりました。

そんなときにファン文庫さんから二作目のお話をいただき、地域に根差した商店街ならではの人間模様を描いてみたいな～と思って誕生したのが本作です。とはいえ、料理やあやかし、イケメンなど、好きな要素はいろいろぶちこんでおります（笑）。

クールな外見ながら熱いハートの持ち主の真琴が、頑固な父とぶつかりながらも、父が大切にしているものの価値を知り、存在すら信じていなかったあやかしや神様と触れ合うことで、頑なだった心が溶けていく。その様子をお楽しみいただけたなら、とても嬉しいです。

最後になりましたが、かわいいキジトラ、クールな真琴、イケメンな光牙が織りなす温かでステキな表紙イラストを描いてくださった白谷ゆう様、ならびに本作の出版にあたってご尽力くださいましたすべての方々に、心よりお礼を申し上げます。

そして、本作をお手に取ってくださった読者の皆様、本当にありがとうございます。読んでくださる皆様の存在が、作品を書く一番のエネルギーです。

最後までお付き合いくださいまして、本当にありがとうございました。またどこかでお目にかかれますように。

ひらび久美

この物語はフィクションです。
実在の人物、団体等とは一切関係がありません。
本作は、書き下ろしです。

■参考文献
『鬼の系譜—わが愛しの鬼たち』中村光行・著（五月書房）
『妖怪お化け雑学事典』千葉幹夫・著（講談社）
『知れば知るほど面白い！クセがつよい妖怪事典』荒俣宏・監修、左古文男・著（小学館）

ひらび久美先生へのファンレターの宛先

〒101-0003　東京都千代田区一ツ橋2-6-3　一ツ橋ビル2F
マイナビ出版　ファン文庫編集部
「ひらび久美先生」係

Fan ファン文庫

福猫探偵
～無愛想ですが事件は解決します～

2020年6月20日　初版第1刷発行

著　者　　ひらび久美
発行者　　滝口直樹
編　集　　山田香織（株式会社マイナビ出版）、定家励子（株式会社imago）
発行所　　株式会社マイナビ出版
〒101-0003　東京都千代田区一ツ橋2丁目6番3号　一ツ橋ビル2F
TEL　0480-38-6872（注文専用ダイヤル）
TEL　03-3556-2731（販売部）
TEL　03-3556-2735（編集部）
URL　https://book.mynavi.jp/

イラスト　　白谷ゆう
装　幀　　木下佑紀乃＋ベイブリッジ・スタジオ
フォーマット　　ベイブリッジ・スタジオ
ＤＴＰ　　富宗治
校　正　　株式会社鷗来堂
印刷・製本　　中央精版印刷株式会社

●定価はカバーに記載してあります。●乱丁・落丁についてのお問い合わせは、
注文専用ダイヤル（0480-38-6872）、電子メール（sas@mynavi.jp）までお願いいたします。
●本書は、著作権法上、保護を受けています。本書の一部あるいは全部について、
著者、発行者の承認を受けずに無断で複写、複製、電子化することは禁じられています。
●本書によって生じたいかなる損害についても、著者ならびに株式会社マイナビ出版は責任を負いません。
©2020 kumi hirabi ISBN978-4-8399-7232-5
Printed in Japan

プレゼントが当たる! マイナビBOOKS アンケート

本書のご意見・ご感想をお聞かせください。
アンケートにお答えいただいた方の中から抽選でプレゼントを差し上げます。

https://book.mynavi.jp/quest/all

Fan
ファン文庫

腹ペコ神さまがつまみ食い
深夜二時のミニオムライス

著者／編乃肌
イラスト／紅木春

新しい神様の登場で麻美の周りがさらに賑やかに！
頑張る人たちのお夜食ライフ第2弾！

フリーライターの麻美は、いわくつきのボロアパートに住み、昼はバイト、夜は執筆作業で忙しい日々を送っている。今夜もお夜食を目当てに神様（未満）たちがやってくる！